Ronso Kaigai
MYSTERY
251

シャーロック伯父さん

Hugh Pentecost

Around Dark Corners

ヒュー・ペンティコースト

熊木信太郎［訳］

論創社

Around Dark Corners
1970
by Hugh Pentecost

目次

シャーロック伯父さん

まえがき

いまの時代、もっとも頻繁に繰り返されている決まり文句の一つに次のものがある。

「我々を取り囲んでいるように見える暴力は、人々がテレビで見たり、ミステリーやサスペンス小説で読んだりするものの結果である」

歴史に目を向けると、暴力という事柄はカインとアベルとともに始まったが、いずれも本を読むことなどできず、映画やテレビ番組を見たこともない。ボルジア家の人々も同様。シェイクスピアの『マクベス』は古典に数えられているが、舞台上や映画で演じられた際、それが今日の暴力に寄与しているなどと誰かが言うのを、私は聞いたことがない。

種としての人間は、すべて善でもすべて悪でも決してなかった。もっともフィクション的なシャーロック・ホームズにさえ、強みだけでなく弱点もあった。麻薬中毒にして過度の喫煙者、あたり構わずバイオリンを奏でるが、同時に悪にとっての揺るがぬ敵であり、思いやりのある男でもある。ギルバート・チェスタートンが生んだ偉大なる探偵、ブラウン牧師はこれと言った弱点のない善人だが、暴力と悪に囲まれていた。これら二人のフィクション上の人物が、他人に対する人間性の欠如に責任があるとは思えない。

数年前、私は第二の家庭生活を始めた。幼い息子は私の孫だけでなく、自分の姪や甥より年少である。十歳になるその息子が読めて楽しめ、同時に大人にとっても読み応えのあるものを、私は書きたかった。その結果がアンクル・ジョージとジョーイを主人公とした物語である。『ディス・ウィーク』誌のフィクション部門で編集者を務めるスチュワート・ビーチ氏がその物語を最初に見いだし、のちにエラリー・クイーンが彼の名を冠した月刊誌にその一部を掲載してくれたが、その雑誌はミステリー短編にとって最後の砦である。アンクル・ジョージの示す上品さ、思いやり、理解とともに成長することの驚異を、私はいくらかでも紙面に反映しようとした。そこで、私はそれらを「アンクル・ジョージ物語」と常に呼んできたのだが、若き読者たちは「ジョーイ物語」と呼んでいる。たぶん私はささやかな奇跡を起こし、年齢を問わず広い層にアピールしたのだろう。

あなたの家族の全員が、アンクル・ジョージとジョーイの友情を育てて守ってやりたいと感じてくれることを私は望む。さらに、私が二人を作った際に感じた喜びを、あなたが二人と知り合いになることから得てくれることも望んでいる。

ヒュー・ペンティコースト

ハンティング日和

フレッド・シモンズの死が自然の摂理によるものであれば、それはレイクビューの住民にとってまぎれもなく祝福として受け止められたことだろう。その死が暴力によるものだったなら、郵便局の前で祝いの言葉が交わされることこそなかったかもしれないが、殺人事件として法廷に持ち込まれたところで、協力的な証人を得るのは難しかったに違いない。とは言うものの、フレッド・シモンズが本当に殺されたとき、町全体が驚きに包まれた。事件が起きた週には、誰もがシモンズについてのジョークで笑っていたはずなのに、そのジョークが突如牙をむき、レイクビューの町に耐えがたい恐怖を突きつけたのである。

町民にとってフレッド・シモンズは、その特異な個性を一つ一つあげつらわなくても、不快極まる人間だった。金持ちであること自体は罪でなくとも、借主の担保を情け容赦なく流したりすれば話は別だ。人々の話によると、相手が祖母でも同じようにしただろうというが、それは本当かもしれない。住民が見たこともないような奇抜な衣服をまとい、特注のスポーツカーを乗り回していたのに、町の子どもたちを乗せてやることは決してない。また猟犬を育て、自分自身で訓練していたのだが、この繊細な動物に接する態度は残酷そのもので、銃を見るだけで怯えてしまうほど手荒だった。

当然のことながら、シモンズに対する評判はひどいものである。たとえばジュディス・クエールの一件。彼女はレイクビューきっての美人で明朗な性格であり、ボブ・ランドグローブという、これも将来有望で誰からも好かれていた青年といつか結婚するだろうと思われていた。そこにシモンズが金と贅沢品をもって割り込み、どうやったのかジュディスの考えを変えてしまい、自分と結婚することに同意させた。それから二年、若く美しかったジュディスは老婆のようになってしまった。噂によると、シモンズは妻に暴力を振るっていたという。その真偽はともかく、ジュディスの精神をおかしくさせたことは事実だ。また、長年にわたり銀行の窓口係を務めていたフンボルトという老人が、勤務先の金を着服するという事件があったのだが、それも高利の借金をいますぐ返済するようシモンズに圧力をかけられたのが原因だという。フンボルトが法廷で証言する前に拘置所で首を吊ったため、本当のことは誰も知らない。そして、シモンズがジョージ・クラウダーを殴打したとおぼしき一件がある。

ジョージ・クラウダーはひとかどの人物だった。町でもっとも古い名家の出で、優秀な成績でロースクールを卒業、やがて州検事となった。いまでは〝アンクル・ジョージ〟とみなから呼ばれており、鋭いウィットの持ち主にして、猟の腕前は町の歴史上最高の一人と言われている。そのうえ素晴らしい犬をいつも連れており、大抵の男性が自分の子どものことを把握している以上に、森とそこに住む生物のことをよく知り、かつ深く愛していたのである。

いつかは州知事になるだろうと言われていたが、それが実現することはなかった。あるとき、ジョージ・クラウダーは地元で発生した有名な殺人事件の裁判で検事を務めた。そして有罪を勝ち取り、被告は電気椅子送りとなる。だが一年後、被告が無実であると判明した。真犯人の自白とそれを裏づける証拠がその事実を疑問の余地なく立証したのである。判決確定の翌日、ジョージ・クラウダーは自らの法律事務所を閉鎖、レイクビューからしばらくのあいだ姿を消す。やがて町に戻ってきたのだが、そのときにはすっかり別人になっていた。はつらつとした才気はすっかり消え去り、紳士的な物腰こそ変わらなかったが、まったく無口になったのである。金が尽きて帰ってきたというもっぱらの噂だった。また、薬剤師のヘクター・トリンブルと結婚した妹から支援を受けているとも言われていた。ジョージは街道から一マイルほど離れた森のなかに小屋を建て、そこでセッター犬のティミーとともに孤独な生活を始めた。

ジョージ・クラウダーは好かれていた。それも、大いに好かれていた。フンボルト老人が自殺した直後のある日、彼は郵便局の前でシモンズを強く責めた。ところが、舶来もののハンティング・ジャケットをまとったシモンズはにやりと笑みを浮かべただけで、その場を立ち去った。その夜、何者かがクラウダーの小屋に忍び込み、彼を殴打して重傷を負わせる。ジョージはそのことについて何も話そうとせず、襲撃者の顔は見ていないと断言した。しかしレイクビューの住民はみな、犯人はフレッド・シモンズだと確信していた。

シモンズが殺害された日、一つの偶然がそれに重なった。シモンズを殺す強い動機を持った男が三人、犯行から十分もしないうちに現場に姿を見せたのである。ジョージ・クラウダー、シモンズが割り込む前にジュディス・クエールと婚約していたボブ・ランドグローブ、そしてフンボルト老人の息子ピート。ピートは常々こう言っていた。

「シモンズが親父の頭に銃を向けて撃ち殺したも同然だ！」

誰も犯人でないことは確かだと思われたため、三人がそろって現われたのは偶然だった。そこに事件の恐怖があった――すべての事実は、シモンズが十二歳の少年に殺害されたことを指し示していたからである。

そこからあのジョーク――シモンズに関するジョークが生まれる。

田舎町の住民は人の欠点を話の種にするのが好きで、それがちっぽけな虚栄心や間の抜けた自尊心ならなおさらである。薬剤師のヘクター・トリンブルは人々から尊敬され信頼されていた。商売も繁盛していて立派で現代的な店を構えており、薬剤師としての腕も一流だったが、その一方でいささか神経質なところがあった。とりわけ潔癖症――商売を考えれば至極もっともなことだが――がひどく、一日に二十五回も手を洗うほどだった。それも仕事柄、当然のことかもしれない。さらには、ジョーイという年端もいかぬ息子がペットを飼うことも許さなかった。犬や猫の毛は彼にとって恐怖そのもの――誰かの薬に混ざったら大変だ。ゆえにペットを禁止するのも無理はないが、それをいつも強調するとなると話は別である。

話はそれにとどまらない。耐えがたいほど大きな悩みの種がもう一つあり、それは義理の兄――ジョージ・クラウダーだった。とは言え、ジョージの無精な生き方に文句を言ったことはない。彼が絶えず不平を漏らしていたのはジョージの飼い犬についてだった。そのうえ、十二歳になるジョーイが伯父のジョージを崇拝し、暇さえあればセッター犬のティミーがいる小屋で時間を過ごすのが、ヘクターにとっては死ぬほど嫌なのだと、誰もが信じていた。これは町民も認めていることだが、ジョーイは確かに伯父の影響を受けて怠惰になっているかもしれない。だがその一方で、わずか十二歳にして地方で一、二を争う猟銃の名手となり、あたかもベテランのように野原でティミーを操れるようになっていたのである。ヘクター・トリンブルの名誉のために言っておくが、彼は息子に伯父との付き合いを禁止したわけではない。おそらく、他の面では従順そのもののエスター・トリンブルが、この点だけは譲らなかったというところだろう。エスターが兄ジョージを愛していることは間違いなく、兄の栄光の日々を懐かしく思い、零落したにもかかわらず変わらぬ愛情を注いでいたのは確かなのだ。

そのジョークはいささか不快な形で始まった。ジョーイ・トリンブルは何軒もの家の芝を刈ることで、新品の銃を買った。その銃を購入した日のこと、ジョーイは試し撃ちをしようと森に出かける。砂袋に立てかけた即席の標的を撃とうとしたとき、そう遠くない場所で大口径のショットガンの銃声が響いた。それは何度か続き、やがて男の怒鳴り声と、子どもが怪我をしたときのような、苦痛に満ちた悲鳴が耳に飛び込む。ジョーイは音の聞こえた方向に急ぎ、空き地の端で足を止めた。視線の先にはフレッド・シモンズの姿。映画俳優を思わせる長身に、舶来もののハンティング・ジャケットを羽織っている。そして左手でリードを摑みながら、右手に握った革の鞭で犬を容赦なく打ち据えていた。

「銃声に怯えるな！」シモンズはそう叫んでいた。犬が逃げ出そうとするたび、リードをぐいと引っ張る。首には矯正用の首輪が巻かれている。内側にスパイクがついた首輪で、カラーを引っ張るたび、スパイクが犬の首に食い込むという具合だ。それを使っていいのはベテランのトレーナーだけだと、ジョーイは伯父から聞いていた。さもないと犬をだめにしてしまう。それはいつものシモンズだった――矯正用の首輪、リード、鞭、そして首からぶら下げた犬笛。

シモンズは腕を摑まれるまで、ジョーイの姿を見ることはおろか、そこにいることさえ気づかなかった。

「犬がかわいそうだろ！」と、ジョーイは叫んだが、頬を伝う涙に気づいて恥ずかしくなった。一方のシモンズはジョーイを睨みながら、必死に振り払おうとする。

ジョーイは全力で相手にしがみつき、シモンズは再び少年を向こうへ押しやろうとした。手のひらでジョーイの肋骨を強く殴りつける。ジョーイは力が抜けるのを感じた。これ以上は到底シモンズの右腕にしがみつけなかったので、身をかがめてシモンズの手に思い切り嚙みつく。シモンズは一マイル離れていても聞こえるほどの悲鳴をあげたかと思うと、左手でジョーイを殴りつけた。ジョーイはその場に倒れ、自分が殺されるのを待った。シモンズが頭上に立ちはだかり、鞭を振りあげる。しかしジョーイはついていた。リードを握る力が緩んだため、犬が矯正用の首輪から抜け出し、空き地の向こうへ駆けていったのである。よかった、とにかく犬は救えた。ジョーイはそう考えながら、自分の身体に鞭が振り下ろされる瞬間を待った。

シモンズの両眼は新品の硬貨のようにぎらぎら光っていた。

「貴様、ジョージ・クラウダーの甥だな」

ジョーイは思わずぞっとした。シモンズが伯父のことを憎んでいるのは、彼も知っていたからだ。

すると、シモンズは躊躇した。

「どっかに行け」右手をおろしながら続ける。「ここに近づくな。これからあの臆病犬を探し出して、脳みそを吹っ飛ばしてやる」

ジョークはここから面白くなる。

ジョーイは一部始終を伝えようと、アンクル・ジョージの小屋へ急いだ。小屋にジョージとティミーはいなかったが、ティミーに似た犬がステップの近くに伏せている。それはシモンズの飼い犬で、背中には鞭の跡が走り、あのスパイクのせいで首と喉から血を流していた。近づけばすぐ逃げ出すだろうと思ったが、それでも身体を震わせたままじっと横たわっている。ジョーイは犬をなでてやると、静かに話しかけた。それから水と食べ物を持ってくる。犬はそれをむさぼるように呑みこむと、ジョーイの膝に頭を乗せ、しばらく身体を震わせたあと、眠りに落ちた。帰ってきたアンクル・ジョージとティミーがその姿を見つけたのは、それから一時間後のことである。

そしてジョージとジョーイは話し合った。飼い犬を返すべきか？　シモンズが犬を飼うなんて許せないと、ジョーイは主張する。するとアンクル・ジョージは、それを決めるのは我々ではないと冷静に反論した。だがそれでも、シモンズには何一つ借りはないと、麦わらを噛みながら言った。あの犬を返してやる必要はない。もちろん、奴が犬を返せと言ってきたら——

そこからジョークはさらに面白くなる。シモンズは犬を探し出すべく、鞭と鎖、矯正用の首輪、そしてライフル銃を手に毎日森へ出かけた。犬のほうはといえば、偶然のことながら、アンクル・ジョージの薪小屋に毎日閉じ込められた。シモンズが森から姿を消すと、ジョーイが外に連れ出して訓練するというわけだ。もちろん、犬はそれまでにも訓練を受けていたが、ジョーイのおかげで才能が花ひらこうとしていた。手信号を理解し、忍び足で一マイルも歩き、放されたあとは見事な自主性を発揮する。そして、ジョーイと一緒にいるときは、銃声にもまったくたじろがなかった。シモンズ以外の町民はみなそのことを知っているようだったが、それこそが見事なジョークだと、レイクビューの誰もが考えたのも無理はない。

殺された日もシモンズは飼い犬を探していた。しかし時刻がいつもと違っており、それが事件の一要素となる。鳥のハンティングが解禁になり、森にはハンターの姿が見られるようになっていた。シモンズがいつもの時刻に犬を探しに出ていれば、ジョーイはきっとティミー二号と外出しなかっただろう。

アンクル・ジョージは朝早くから出かけており、そのときはティミー一号とともに空き地の東側を自宅の小屋に向かって歩いていた。ピート・フンボルトとイーガン保安官は空き地の南側にいて、保安官の狩猟犬である黒いラブラドールを追いかけていた。そして西側には、ジュディス・クエールの元婚約者ボブ・ランドグローブと、その父親であるアモス老人がいた。アモスは一種の悲劇的人物である。以前は優秀な大工だったのだが、あるときリウマチを患って両手が腫れ上がり、自分で食事をとることも、パイプに火を点けることもできなくなった。そんな具合で猟銃を撃つなど無理なので、そのときは散歩に出ていただけだった。

これらの人々はあとで同じ話を語った。銃声に続いて苦痛に満ちた絶叫が耳に飛び込み、空き地へたどり着くより早く、二発目の銃声が轟いたというのである。

最初に現場へ到着したのはイーガン保安官だった。そこで目にした光景に、全身の血が引く。てっぺんに鉄条網の張られている石壁があって、そのそばにフレッド・シモンズが横たわっていた。そこから数フィート離れた場所に猟銃が落ちている。そしてシモンズの胸部には、煙突ほどの茶色い穴があいていた。しかしイーガンが総毛立ったのはそれが原因でなく、犬のせいだった。ティミー二号がシモンズのそばで腹這いになっている。保安官がのぞき込むと、遺体の喉元はもはやハンバーグのようになっていた。

次に到着したのが誰なのか、イーガンはよく憶えていない。ピート・フンボルトだったかもしれないし、アモス・ランドグローブだったかもしれない。あるいは息子のボブだったかもしれない。とにかく、三人ともほぼ同時に到着した。イーガンが憶えているのは、ピート・フンボルトが遺体のほうへ駆け寄ったことである。

「待つんだ、ピート」イーガンは声をあげた。「犬に近づくな。人を殺したんだぞ。まずはこいつに弾丸を撃ち込もう」

そのとき叫び声が聞こえた。

「だめだよ、イーガンさん！　お願いだからやめて！」

見ると、ジョーイが北のほうから駆け寄ってきた。

「離れているんだ、坊や。この犬が何をしでかしたか、お前にもわかるだろう」

ジョーイは足を止め、恐怖のあまり硬直した。一方のイーガンは再び銃の狙いをつける。しかし、引き金がひかれることはなかった。別の人物がそこに割り込んだからである。アンクル・ジョージの声は鋭かった。

「銃を下ろすんだ、レッド。さもないとその手を吹き飛ばすぞ」

イーガン保安官はのちに、あれは本気だったと証言している。

ジョーイはその隙にティミー二号のもとへ駆け寄った。犬のそばにひざまずき、両腕で身体を抱える。

「見てよ、イーガンさん。鼻からも顎からも血は流れてない。一滴も流れてないじゃないか！」

アンクル・ジョージは彫りの深い顔を紙のように白くしながら、一同に混じって犬を見下ろした。

「ジョーイの言うとおりだ。この犬は遺体に触れていない」

続いてアモス老人が節くれ立った手を震わせながら話しだした。

「簡単なことじゃないか。シモンズは壁をのぼって鉄条網に引っかかり、自分の銃で命を落としたのさ」

保安官はシモンズの猟銃を拾いあげると、鼻先に銃口を近づけた。

「発射されたのは間違いない。でも凶器じゃないよ、アモス。これはライフル銃だが、胸にあいた穴は大口径のショットガンによるものだ」

そのとき、イーガンは頭に浮かんだ考えを必死に打ち消そうとした。だが、できなかった。

「シモンズは犬を探していた。鞭と笛――それでわかる。今日シモンズは、犬を見つけたんじゃないだろうか」

五人は互いの顔を見合わせた。そして一種の恐怖に襲われながら、足下に視線をおろした――その先には、犬を抱きしめるジョーイの姿があった。

「おまえが撃ったのか、ジョーイ」アンクル・ジョージがごく静かに訊いた。「本当のことを話すんだ。どうすべきかは、我々が考える」

ジョーイは驚きで目を丸くしながら、何も言えなかった。

「州警察を呼んできたほうがいい」ピート・フンボルトが小声でつぶやく。

ジョークはそこで終わった。

「我々はみな、あいつの死を願っていた」と、イーガンはのちに語っている。「しかし、あんな風に死ぬことなんか望んじゃいない。あの少年の人生が狂ってしまうことなど、誰も望んでいなかった――ジョーイ・トリンブルのような素晴らしい少年の人生が。ただ、わたしがあの少年の立場にいて、シモンズが再びあの犬を連れ回すのを見て、しかも銃を手にしていたら――」

重苦しい沈黙を破ったのはアンクル・ジョージだった。ジョーイに語りかけるその声からは、深い慈しみが感じられた。

「ジョーイ、気づくのに三十秒もかかるほど、わたしは愚かだった。本当に済まない。生涯をかけて償いをするつもりだ」

そこでイーガンのほうを向く。青い瞳が光っている。

「いいか、我々は年老いた猟師であって、老婆なんかじゃない。ここを見てくれ。地面に沿って何かが引きずられてきた」

そして一同の先頭に立ち、空き地の中央に向かった。雑草が倒れており、地面に大量の血だまりが残っている。

「シモンズはここで撃たれた」アンクル・ジョージが続ける。「それから壁のそばに引きずられたんだ。鉄条網に引っかかって転落したと思わせるために。銃も発砲されている。気づいてはいたが、すっかり忘れていた。銃声――絶叫――そして数分後にライフルの銃声」そこでアモス老人に淡いブルーの瞳を向ける。「どうやってシモンズの猟銃を撃ったんだ、アモス。引き金に木の棒を引っかけたのか」

気でも触れたかというように、一同の視線がアンクル・ジョージに注がれる。しかし、かすかに笑みを浮かべるアモス老人だけは別だった。そのとき、ボブ・ランドグローブがアンクル・ジョージのほうにさっと近づいた。

「この老いぼれ――」

それを遮るように、アモス老人が声をかけた。

「落ち着くんだ、ボブ」

「昔は偉大な法律家だったかもしれんが」イーガンがボブに加勢する。「アモスを犯人扱いするなど

――」

「シモンズを見るんだ」アンクル・ジョージが口をひらく。「何かが欠けている。犬笛、鞭、そして猟銃はある。しかし、リードと首輪はどこに行ったんだ。この一週間、それを見てみな笑い物にしていたじゃないか。何しろ毎日持ち歩いていたからな。それなのに、いまはなくなっている」そこで再びアモスのほうを向く。「どこにやったんだ、アモス。壁の向こう側に放り投げたのか」

「ちょっと待ってくれ」ボブ・ランドグローブが割り込む。「もう我慢できないぞ――」

「すまないな、ボブ」アンクル・ジョージの声はくたびれていた。「我々はみな、胸に穴のあいたシモンズの遺体を見た。首は食いちぎられ、そばに犬が伏せている。飼い主を憎んでいた犬だ。そしてショットガンを持った少年が、現場の近くをうろついている。少年がシモンズを殺し、犬が遺体の喉を食いちぎったと信じ込んでいるんだ！　いや、誰も遺体の喉など食いちぎってはいない。遺体は犯行現場からここまで引きずられてきた。レッド、どうやって引っ張ってきた？　それともボブ、きみか？　それともわたしか？　まず、遺体は腕に抱えられたはずだ」

「それで、どのように引きずられたんだ」ボブ・ランドグローブが問い詰める。

「矯正用の首輪だよ。首にすっぽりはまり、そして引きずられたんだ――リードで引っ張られたのさ。するとスパイクがシモンズの喉に食い込む。アモスは両手を使えないから、そのようにして引きずるしかなかった。つまり肩にリードを巻きつけ、そうして引っ張ったんだ。そうだな、アモス」

「ああ、そのとおりだ」相変わらず口の端にかすかな笑みを浮かべながら、アモスが言った。「わしは空き地で奴を撃ち殺したが、事故に見せかける必要があった。それでここまで引きずったんだ――

あんたがいま言ったようにな、ジョージ。それから引き金に木の枝をひっかけ、ぐいとひいた」そこでアンクル・ジョージをまっすぐ見つめる。「奴がジュディス・クエールにどのような仕打ちをしたか、あんたも知ってるだろう。ボブの妻になるはずだった、素晴らしい女性だ。ところがシモンズは、ボブの人生を滅茶苦茶にした。いつか同じ目に遭わそうと、わしはいつも心に誓っていた。だがそれも叶わぬ夢だ。自分でボタンを留めることもできない、完全な役立たずに成り果てたからな。それがこうなって、わしはうれしいよ――」

「父さん！」ボブ・ランドグローブの声はショックで震えていた。

「まあ、もう少し知恵があったらとは思うがな。奴の銃がライフルだと気づくべきだったんだ。わしの銃は――わしの――」

「どうした、アモス」アンクル・ジョージの声は穏やかだった。「あんたの銃はどこにある。どんな種類の銃だ。それにアモス、あんたは正しい――自分でボタンを留めることができず、引き金をひくこともできない――銃の狙いをつけるなど、なおさら無理な相談だ。あんたはシモンズを殺してなどいない。あとでそう見せかけただけなんだ」

ボブ・ランドグローブは、その場に父親しかいないかのように声をあげた。

「父さんは、ぼくが奴を撃ち殺したのを見たんだね。それであんなことを？」

アモスの頬を涙が流れ落ちた。

「おまえのためにできるだけのことはした。喜んで罪を引き受けるつもりだったんだ」

一同はしばらく無言だったが、やがてアンクル・ジョージが口をひらいた。

「そろそろ警官を呼んだほうがよさそうだ」

「わからないのだが」と、イーガン保安官が不思議そうに尋ねる。「犬はあそこで何をしていたんだ」

アンクル・ジョージは、シモンズの首からぶら下がる犬笛を指さした。

「音を発しない犬用の笛だ。おそらく、シモンズはずっと吹き続けていたんだろう。当然我々には聞こえないが、犬には聞こえた」

「だが、この犬はシモンズを憎んでいた。なのにどうして、犬笛に応えたんだろう」

アンクル・ジョージはジョーイを見下ろし、こう言った。

「見せてやるんだ」

するとジョーイは、シモンズのものとまったく同じ笛をシャツのポケットから取り出し、保安官の首にかけた。

「何日か前、ジョーイに買ってやったんだ」アンクル・ジョージが続ける。「確信こそないものの、『来い』の意味だと犬は理解している。それで笛の持ち主のもとへ向かい、命令を待った――たとえシモンズが地面に横たわっていてもだ。この犬はジョーイに言われたとおりにしようと、必死に頑張ったのさ。まあ、笛の持ち主を間違ったようだがね」そこで再び少年を見下ろした。「犬を連れて一緒に行こう。その途中で謝るよ」

ミス・ミリントンの黒いあざ

レイクビューの住民が小学校の教員について論じ合うとき、ミス・グレース・ミリントンはいつも「かわいいお嬢さん」と呼ばれていた。そのミス・ミリントンだが、未婚の彼女は余暇のすべてを特別な「研究課題」に捧げていた。

空気が爽やかな秋の午後。燃えるがごとく色づいていたこの田舎町で、ミス・ミリントンの身に信じがたいことが起きた。彼女の素晴らしき研究課題が三つ、嵐のような二時間のうちにぶつかり合ったのだ。

ミス・ミリントンの第一の研究課題は、ややもすると個人的なものだった。男の名はパトリック・アロイシウス・モロイ。モロイ氏は郡の検察官に選出されたばかりであり、そのときからレイクビューの町で暮らしていた。赤毛のハンサムな男だが、いささか我の強いところがある。そのモロイ氏が、一週間におよぶレイクビュー暮らしの以前から、ミス・ミリントンに狙いをつけていたのだ。

ミス・ミリントンは心動かされ、好奇心を刺激され、そしてよろめいた。しかしパトリックは、彼女が出会ったなかでもっとも独断的な男で、決して間違ったことのない人物だった。自分の将来を考えていたミス・ミリントンは、いつかなんらかの状況下で、人は誰しも間違いを犯すものだとパトリック・アロイシウス・モロイが認めない限り、結婚生活は極めて厳しいものになると悟っていた。

ミス・ミリントンの第二の研究課題は、グラボウスキー家の若者である。彼は十二人の子どもがいる貧乏一家の長男であり、万引きを繰り返しては少年裁判所の世話になっていた。

しかし、この若者に悪意はなく、それがミス・ミリントンを同情的にさせた。あの子は必要だから盗んでいる——絶望的なまでに貧しい一家のために必要なのだ。その前日、州警察が彼女のもとを訪れ、グラボウスキーの悪ガキがどこかで自動車の部品を盗み、町の暴走族に売っているとほのめかした。

少年の主張によると、部品を見つけたのは山中にあるデイブ・シャンパーニュ老人のスクラップ置き場で、デイブの許可を得てそれらを持ち出したという。これは確かめねばならない。

そして三つ目の研究課題が、レイクビュー中央中学校の一年生、ジョーイ・トリンブル。ジョーイは聡明で頭の回転が速く、魅力あふれる少年だった。学校のテストでもまったく問題はない。しかし、ジョーイの父で薬局を営むヘクター・トリンブル氏がある日ミス・ミリントンのもとを訪れ、息子の問題を打ち明けたのである。

ヘクターはミス・ミリントンのオフィスの椅子に座り、一日に少なくとも二十五回洗っている手をひらいたり閉じたりしながら、こう切り出した。

「ほとんどの男子は何かに熱中している——野球とか、フットボールとか、あるいは切手集めとか。なのにジョーイと来たら！　あいつはいま英雄崇拝の段階にいて、そのせいで人生が狂ってしまうかもしれない」

「で、誰なんです？　その望ましくない英雄って」

ヘクターは椅子のなかで身をよじらせた。

「それが問題でしてね。妻の兄、ジョージ・クラウダー。名前くらいは聞いたことがあるでしょう」

確かに、〝アンクル・ジョージ〟の名は聞いたことがある。森のなかに小屋を建て、セッター犬のティミーと一緒に暮らしている、隠者のような人物。ハンティングと釣りで生計を立て、めったに人前に出てこない。孤独ながら知的な男で、皮肉の効いたそのユーモアは、しばしば町民の口の端にのぼるほどだった。

「ジョーイは同年代の男子とはまったく遊ばず、暇さえあればジョージのところに行っている。あの役立たずのところへ」そこで声を潜める。「証拠があるわけじゃないんだが、酒でも飲んでるんじゃないかと思ってましてね。ジョーイは――そう、同年代の友人を持つべきなんです」

三つの素晴らしき研究課題。異論を挟む者はいないだろう。これら三つの研究課題がぶつかり合った十月のある日の午後、ミス・ミリントンはデイブ・シャンパーニュのスクラップ置き場に車を走らせた。グラボウスキー少年の話を確かめなければと考えたのだ。

がらくたのエンジンや家具、それにくず鉄などが積まれたなかを上品な足取りで歩きながら、デイブ・シャンパーニュが暮らす小屋のほうへ向かう。すると、開けっぱなしの扉から煙がもうもうと立ちのぼるのが見え、ミス・ミリントンは歩調を速めた。

扉へ近づくにつれ、うねるような黒い煙に思わずせき込む。やがて、青いシャツとオーバーオールに身を包んだ男の姿がうっすら見えた。顔面はすすまみれになっているか、あるいは黒いグリスを塗りたくっているかに見える。真っ黒な顔と立ちこめる煙のせいで、男が誰か即座に見分けられない。

ミス・ミリントンは一歩前に進み出た。

「いったいどうしたんです？」

男はそれに答えず片足を前に踏み出すと、ミス・ミリントンが仰天したことに、目のあたりをしたたかに殴りつけた。激痛が走り、突如ぼやけた視界の正面で光が消える。そして後ろへよろめき、ゴミの散らかる玄関口に倒れこんだ。次の瞬間、男は床に横たわるミス・ミリントンを飛び越え、どこかへ消え去った。

しばらくのあいだ、ミス・ミリントンは身動きできず、その場に倒れていた。それでもなんとか立ちあがり、勇敢にも煙の立ちこめる小屋へ入っていった。スクラップ屋のデイブ・シャンパーニュ老人が、頭から血を流しながら小屋の床に横たわっている。血のついた火かき棒がその横に置かれていた。

ミス・ミリントンはそこから数フィート離れたところにある、だるま形の古いストーブを見た。煙の出所は明らかだった。誰か——ミス・ミリントンを殴りつけた人物に違いない——が燃えさかる石炭を床にぶちまけたのだ。

しかし、ミス・ミリントンは怯まなかった。片隅の台所へ向かったかと思うと、亜鉛メッキが施された鉄の流し台からバケツいっぱいに水を汲み、炎をあげる石炭に撒いた。

音を立てて蒸気があがる。そのとき、ミス・ミリントンは声を聞いた。小屋の入り口を向くとジョーイ・トリンブルの姿が見え、その後ろには、小脇にライフル銃を抱えた長身で白髪頭の男が立っている。すると男は、玄関口で彫像のように待機しているセッター犬に手で合図を送った。

ジョーイ・トリンブルは目の前の惨劇にも動じていないらしく、視線をミス・ミリントンの顔に向けていた。彼女に密かな好意を抱いていたのだ。

「どうしたの、ミス・ミリントン！　目のまわりが真っ黒じゃないか！」

アンクル・ジョージは扉の脇に銃を立てかけると、デイブ・シャンパーニュの両脇を抱えて外へ引きずり、新鮮な空気と明るい日光のなかに横たえた。そしてしばらく、重傷を負った老人のそばにひざまずいた。

「ひどく殴られたようだ」そう言ってミス・ミリントンを見あげる。「いったい何があったんだ」

彼女は手短に、小屋に近づいたときのこと、すすまみれの男のこと、目のまわりにできたあざのこと、そして男が逃げ出したことを語った。

それを聞いてアンクル・ジョージは立ちあがった。

「そいつは道路を逃げたんじゃない。もしそうなら、我々とすれ違っていたはずだ。森に向かったとすれば、いまからでも間に合うだろう。ミス・ミリントン、ハンター亭に行って救急車と保安官を呼んでくるんだ。ジョーイとわたしは、きみを殴った男のあとを追ってみる」

ハンター亭の受話器を取ったとき、ミス・ミリントンは泣きそうになっていた。救急車は呼んだものの、保安官は呼ばなかった。試練のさなか、パトリック・アロイシウス・モロイ氏を呼んだのはむしろ自然だったかもしれない。モロイ氏は彼女に対し、「目のまわりのあざ」以外はもう大丈夫だと安心させると、十分後にそちらへ着くと約束した。

しかし、実際には三十分ほどかかった。州警察官のギリガン巡査と山道を登っていたところ、駆け下りてくるグラボウスキー少年と鉢合わせたからである。少年は青いシャツにジーンズといういでたちで、くたびれた革のジャケットを着ていた。顔面こそ汚れていなかったが、ギリガンが革のジャケットをひらいたところ、少年のシャツは血まみれだった。そして二人は、グラボウスキーを現場へ引き連れていった。救急車はずっと前に到着しており、意識不明のデイブ・シャンパーニュを乗せてすでに走り去っていた。

　グラボウスキー少年を信じていたミス・ミリントンはショックを受けた。そのグラボウスキー少年は、デイブの小屋になど行っていないと言い張っていたが、血まみれの理由は別の犯罪のせいだと白状した――家族に食べさせようと、まだ解禁されていない鹿狩りをしたのだ。

「調べればわかることだ」と、モロイ氏が厳しい口調で言った。「この血痕はデイブ・シャンパーニュのものに違いない。自動車部品の盗難の件で嘘をついたものだから、デイブ老人を黙らせる必要があったんだ」

「ミス・ミリントン、それに反論は？」州警察のギリガンが促す。

　ミス・ミリントンは悲しげな目を、研究課題その一からその二へ向けた。「ええと――わたしを殴った人は、青いジーンズじゃなくオーバーオールを着ていたと思います。ですけど、色は同じです。それに煙のなかで……顔じゅうすすまみれでしたから……」

「こいつを連れて行ってもらいたい」パトリック・アロイシウス・モロイ氏がギリガンに言った。

　しかしパトカーのほうへ数歩も進まないうちに、遠くで怒鳴り声が聞こえた。

　ミス・ミリントンらは山頂のほうを見た。男がこちらへ向かってくる――ツイードのスーツに揃いの帽子といういでたちで、手にステッキを握っている。

　その後ろをアンクル・ジョージの長身が続く。男の背中にライフルの銃口を突きつけている。そして二人の周囲を、ジョーイとティミーが嬉しそうに踊り跳ねていた。その一団から遠く離れていたにもかかわらず、ミス・ミリントンは男の正体をすぐに見分けることができた――町でもっとも影響力のある一人、レイクビュー国民銀行のホレイス・トゥイニング頭取だ。

トゥイニング氏は甲高い声で怒りを爆発させていた。

「この耄碌した馬鹿者を逮捕するんだ！」と、州警察のギリガンに怒鳴りつける。

「いったいどうなさったんです、トゥイニングさん？」

「どうなさった！　それじゃあ教えてやろう。わたしはあそこの丘を流れる川沿いを歩いていた――いつもしている午後の散歩だ。すると、この馬鹿犬がわたしの背後に駆け寄ってきた。そして『止まれ！』という叫び声が聞こえたが、わたしに叫んだのでないのは明らかだから、まったく気にしなかった。ところがその瞬間、ライフルの銃声が響き、わたしの帽子――この帽子――が頭から吹き飛ばされた」

そう言って帽子を持ちあげ、震える人差し指を帽子にあいた穴に通した。

「七十五ヤードの距離から、この馬鹿者はわたしを――わたしを撃ったんだ。当然、思わず足を止めたよ。するとこいつはわたしに近づき、恐ろしいほど冷静な声で『貴様を逮捕する！』とのたまったんだ」

「犯罪の証拠さえあれば、一般人にも逮捕する権利はある」アンクル・ジョージはやはり冷静な口調で言った。

「なんの犯罪だ」顎を突き出しながら、パトリック・アロイシウス・モロイ氏が尋ねる。

「殺人未遂」アンクル・ジョージの声は相変わらず氷のようだ。「デイブ・シャンパーニュ老人の」

「ふん、馬鹿らしい」トゥイニング氏は鼻を鳴らした。「この男はわたしを撃った。これこそ犯罪だ。こいつを逮捕するよう、わたしは要求する。わたしを侮辱した当然の――当然の報いじゃないか」

「確かに、銃で人を撃つのは犯罪だ」ギリガンがアンクル・ジョージに告げる。

「わたしは人を撃っていない」アンクル・ジョージは反論した。「この御仁の帽子を撃ったんだ」

「七十五ヤード離れたところから？　信じられるものか、わたしの帽子を撃ったなど！」トゥイニング氏は声をあげた。「いいか、あれは犯罪行為だ」

「トゥイニングさんがデイブ老人を襲ったなど、なぜそんな馬鹿げたことを考えついたんだ」パトリック・アロイシウス・モロイ氏が問い詰める。

「わたしの犬があとを追った」

「殺人犯がどういう人物だったか、ミス・ミリントンの話は聞いただろう」モロイ氏の口調はあくまで厳しい。「青いオーバーオール、青いシャツ、そしてすすまみれの顔だ」

「ああ、聞いたさ」

「それなのに、あんたはトゥイニング氏を撃った。たとえ遠くでも、そんな見間違いをするはずはない。ギリガン、銃を取り上げろ。ご安心なさい、トゥイニングさん。この男にはきっと重い罰が科されますよ」そう言ってから、アンクル・ジョージに向かって唇をゆがめる。「いいかね、クラウダーさん。我々はすでに犯人を突き止め、逮捕した。デイブが無事回復すれば、きっとはっきり名指しするだろう」

「もし――」アンクル・ジョージはそう言いかけ、グラボウスキー少年のほうを向いた。

州警察のギリガンは、パトリック・アロイシウス・モロイ氏よりもずっと長くレイクビューで暮らしている。当然アンクル・ジョージを知っているが、いささか当惑しつつそちらへ一歩近づいた。若々しく輝く瞳が、アンクル・ジョージの青く冷たい瞳と一瞬ぶつかる。そしてアンクル・ジョージは、無言でライフル銃を手渡した。

「あんたを逮捕する、ミスター・クラウダー」パトリック・アロイシウス・モロイ氏が言った。

アンクル・ジョージはそちらをじっと見つめた。

「モロイ、レイクビュー国民銀行で問題が発生したと言ったら、あんたはわたしの気が狂ったと思うだろうな」

「ああ、そう思う」モロイが答える。

「くだらん。実に馬鹿げている」トゥイニング氏が言った。

「デイブ・シャンパーニュ老人の小屋だが、ストーブのうしろに棚がある。そこに置かれたコーヒー缶に千ドル支払うと言ったら、あんたはわたしの気が狂ったと思うだろう」

「ああ、思うね」

「そして、わたしはトゥイニング氏を撃ったのではなく、彼の帽子を撃ったのだと言ったとき、あんたはわたしの気が狂ったと考えた」

「七十五ヤードの距離だ。アニー・オークレイ（十九世紀末から二十世紀初頭にかけ、射撃の名手としてショーなどで活躍したアメリカ人女性）だって百発百中とはいくまい」

アンクル・ジョージはそれを聞いてため息をついた。

「一つの実例であんたの間違いを証明できれば、他の実例でもわたしの話を聞く気になるだろう」

そのとき、ジョーイ・トリンブルが伯父の袖を引っ張った。

「ウィリアム・テル式でいってみようよ、ジョージ伯父さん」

白髪のアンクル・ジョージは目を細めた。

「いい考えだ、ジョーイ。敷地の向こう側にあるリンゴの木の下に行くんだ。ここから優に七十五ヤードはある」

ジョーイは駆けだした。みな唖然としていたが、いち早く気を取り直したのはミス・ミリントンだった。

「やめて、ウィリアム・テルなんて！　あの子の頭の上のリンゴを撃つなんて、そんなの馬鹿げてるわ！　ねえ、パトリック！」

「いや、頭の上のリンゴを撃つつもりはない」アンクル・ジョージが言った。「あいつはそうしてもらいたがっているがね。とにかくわたしのことを買いかぶっているんだ。しかし、わたしはしない。父親がなんと言うかわからないからな。とは言え、トゥイニング氏の帽子を狙ったのは確かだと、この場ではっきり証明するつもりだ」

ジョーイは木の下に立ってリンゴをいくつか拾いあげた。

「準備はいい？」と、声をあげる。

「ライフル銃を貸してくれないか、エド」アンクル・ジョージがギリガンに言った。

モロイ氏が抗議する間もなく、ギリガンはライフルをアンクル・ジョージに渡した。

「さあ、いくぞ！」と、ジョーイに向かって叫ぶ。

すると、木の下のジョーイが空中高くリンゴを放った。すぐさまアンクル・ジョージがライフルの狙いをつけ、引き金をひく。リンゴは空中で破裂し、続く四つも同じ結果になった。

誰も口をきけなかった。やがて、ジョーイが目を輝かせながら駆け戻ってくる。

「最後の一個は中心からちょっと外れてたね、ジョージ伯父さん」

「視界の片隅でモロイさんを見ていたからだろう。どんな顔をしてるかと思ってな」と、申し訳なさそうな口調で答える。「これでわかったはずだ、ミスター・モロイ。わたしが狙ったのは帽子のほうだと」

ミス・ミリントンは唇の端でかすかに会心の笑みを浮かべた。目のあざがどうしたって言うの！

「クラウダーさん、これではっきりわかりましたわ。そんなの無理だと思いましたけど、もう疑いの余地はありません。ねえ、パトリック。自分が間違っていたと認める気になったかしら？」

パトリック・アロイシウス・モロイ氏は顔を真っ赤にした。

「これはおそらく――」

「意図はどうあれ、わたしに向けて発砲したのは犯罪だ」トゥイニング氏は怒りで荒れ狂っていた。

「絶対に訴えてやる！」

しかし、アンクル・ジョージはそちらを見ずに言った。

「ミスター・モロイ。何があろうとも、わたしの信じているものが三つある。一つ目は合衆国憲法と権利章典。二つ目は、その気になれば相手が誰でも、そしていつでも、ウィリアム・テルごっこをできる自分の銃の腕前。そして三つ目は、愛犬ティミーの鼻だ。こいつはこの小屋のすぐそばで、トゥイニング氏のにおいを嗅ぎ取ったんだ」

「くだらん！　馬鹿馬鹿しい！」トゥイニング氏はそう怒鳴りながら、傍らで満足げに座っているティミーを手で追い払おうとした。「どこかに行け、この馬鹿犬！」

「グラボウスキー少年が殺したという鹿だが、言ったとおりの場所に死骸がぶら下がっているだろう」と、アンクル・ジョージがモロイ氏に向かって続ける。「わざわざシャツを検査せずとも、あんたが間違っていることは証明されるはずだ。そう、あんたは間違っている。シャツの血しぶきは鹿のものだ。さて、今度はあのコーヒー缶だが、あれに千ドル支払うと言っても、わたしが正気だと認めるだろうか」

「それがどうした」いかにも不愉快そうな口調だ。

一方、ミス・ミリントンは美しい笑みを浮かべていた。

「わたしがここで何をしていたか、あんたは尋ねなかった――ジョーイとわたしがここで何をしていたのか。どうだ、知りたいか」

「ああ」パトリック・アロイシウス・モロイ氏の声はかすかに震えていた。

「ジョーイはここで遊ぶのが好きなんだ。子どもにとっては夢のような場所だからな。古い車に古い機械。それで今日の午後もここで遊んでいた。するとデイブがやって来て、わたしにメッセージを伝えてほしいと頼んだ。アドバイスが必要だから来てくれと」そこで無邪気そうにモロイ氏を見る。

「わたしが法律の専門家なのは知っているだろう。いまも旧友がわたしのもとを訪れるんだ。デイブもアドバイスを必要としていた。トゥイニング邸の離れに転がっていただるま形のストーブを使用人から購入したんだ。デイブの話では、ここにあるストーブよりも立派な代物だそうだ。そこで元から小屋にあったストーブを外へ出し、トゥイニング氏の使用人から買ったストーブを据え付けた。しかし火を点けようとしたところ、中に何かがあるのに気づいた」

そこでアンクル・ジョージは目を輝かせた。

「わたしはいまも、あのコーヒー缶に千ドル支払うつもりだぞ、ミスター・モロイ」

パトリック・アロイシウス・モロイ氏は唇を湿らせながら、無言を貫いた。

「ジョーイに語ったところによると、デイブが見つけたのは四万六千二百八十四ドルの現金だったそうだ。あやうく燃やしてしまうところだったが、慌ててストーブから取り出してあのコーヒー缶のなかにしまった。そしてジョーイに頼んでわたしのアドバイスを求めたのさ」

「ギリガン！」と、パトリック・アロイシウス・モロイ氏が声をあげる。

ギリガンは小屋のなかに姿を消した。一方のアンクル・ジョージはトゥイニング氏を見つめている。ツイードのスーツの中で身体がしぼんだかのようだ。やがてギリガンが再び姿を見せた。手にコーヒー缶を持ち、目を大きく見ひらいている。そして中身をパトリック・アロイシウス・モロイ氏に見せた。

沈黙を破ったのはアンクル・ジョージだった。

「今日の午後、川辺の散歩から戻ったトゥイニング氏は、あの古いストーブを売ったと使用人から聞かされたのだろう。さあ、わたしはレイクビュー国民銀行で問題が発生したと言ったが、気が狂っていたわけではないと、これでわかったはずだ。思うに、トゥイニング氏は着服した金の一部をあのストーブに隠しており、なんとしても取り戻す必要があった。

そこで再び散歩に出かけたわけだが、包みを持参していたはずだ。中身は青いシャツとオーバーオール。森のなかでそれに着替え、ランプのすすか何かを顔に塗った。そしてデイブのスクラップ置き場にやって来る。ストーブが据え付けられ、なかで火が燃えさかっているのを見たトゥイニング氏は、気絶するほど驚いたに違いない。

おそらく、デイブはそこでトゥイニング氏の姿に気づいたのだろう。デイブを殴ったのは、あのストーブに近づく必要があったからだ。そしてストーブをひっくり返す。そこに金はない。しかしミス・ミリントンが現われたため、別の場所を探すことができなかった」

そこでアンクル・ジョージは大きく息をついた。

「森を探せばシャツとオーバーオールは見つかるだろう。ミスター・モロイ、わたしもほとんど推測には頼らないが、ティミーは推測などまったくしていなかった。

さて、トゥイニング氏は靴まで履き替えることはしなかった。誰もそんなことに気づきはしない——だが、犬は別だ。靴は犬にとって強烈な臭気を発するのでね。さあ、これで状況はわかっただろう、ミスター・モロイ」

パトリック・アロイシウス・モロイ氏は深く息を吸い込み、ついに認めた。

「わたしが間違っていた、ミスター・クラウダー。謝罪する」

「あなた！」ミス・ミリントンは声をあげたが、次の瞬間、その愛らしい額に小さく皺を寄せた。研究課題その一とその二はうまくいった。しかしアンクル・ジョージと、顔を輝かせながらその横に立つ少年、そして打ちひしがれたトゥイニング氏に笑みを向けるセッター犬を見ながら、彼女は考えた。どうしたらジョーイが切手集めに興味を持つか、自分にはどうしてもわからないと、ヘクター・トリンブルに言わなければならない。

シャーロック伯父さん

　平日の朝にしては立派な身なりをしたジョーイ・トリンブルは、朝食の席におとなしく座りながら、父親の長話に耳を傾けていた。ヘクター・トリンブルは妻を相手に話していたものの、一言一句はジョーイに向けられていた。

「きみの兄さんとジョーイが付き合っているせいで、半日分の商売が無駄になった。それに、十二歳の少年が殺人事件の証人になるとは信じられん」

「レゲット夫人殺しに、ジョージがどう関係しているのかしら」エスター・トリンブルの口調は穏やかだ。「コーヒーのお代わりは？」

「いや、もういい」ヘクターが答える。「思っていることを話したいだけなんだ。頼むから邪魔しないでくれ。ジョージさえいなければ、絶対人になつかない狂犬と仲良くなろうなんて変な気は起こさなかったはずだ。狂犬と仲良くなろうなんて変な気を起こしていなければ、その犬の死体を見つけることはなかったはずだ。その犬の死体を見つけていなければ、州警察のギリガンのところへは行かなかったはずだし、家のなかで喉を切り裂かれたレゲット夫人の遺体を見つけることもなかったはずだ」

「犬の喉もかき切られていたんだよ」事実をただそうと、ジョーイが言った。

「そんなことはどうでもいい」と、息子に向かって続ける。「もう冬なのに、嵐の日もハンティングにうつつを抜かしたり、氷に穴をあけて釣りをしたり、ジョージ・クラウダーと一緒に森のなかをうろつき回ったりしているのはどういうわけなんだ。数学と歴史の成績が悪いそうだが、そっちの勉強をしたらどうなんだ。おまえが何をしているか、父さんはお見通しなんだぞ」

「勉強は――勉強はちゃんとしているよ」口調がためらいがちになる。

ヘクターはそれを鼻で笑った。

「ちゃんとしている？　エスター、この子の〝勉強〟とやらがどんなものか知ってるのか？　こいつはきみの兄さんの小屋に行き、そこでは十五年間怠けどおしのジョージ伯父さんが、この子に本を読んでやっているのさ」

「別にいいじゃない。文学に親しむほうが、最近のテレビ番組を見るよりずっとましよ」

「文学だと？」そう言ってヘクターは立ちあがり、無表情のまま荒々しい足取りで、隅の戸棚へ歩いていった。そして引き出しをあけ、中から二つのものを取り出す。一つは時代遅れの鳥打ち帽、もう一つは虫眼鏡。

「文学！」ヘクターが繰り返す。「実に馬鹿馬鹿しい！　『シャーロック・ホームズの思い出』が文学だと？　この帽子をかぶって通りを走り回り、雪に残った足跡をこの虫眼鏡でのぞき込んでいるだけじゃないか！」

「シャーロック・ホームズだって、最近じゃ古典の一つに数えられているわ」エスター・トリンブルが反論する。

「くだらない古典だ！」ヘクターはさらに声をあげた。「この子は扇情的な馬鹿話を必死になって勉強している。いいかね、エスター――」

「ほら、あなたもジョーイも遅刻しちゃうわよ」エスターはあくまで冷静だ。「十時に大陪審の審理に呼ばれてるじゃない」

「よろしい。だが、わたしの話は終わってないぞ。今夜は――」

「手袋も忘れないでね」夫の言葉を遮ってエスター・トリンブルが言った。


レイクビュー公会堂の陪審員室。蒸気管が一種の機械を思わせる正確さで、規則的にがんがん音を立てている。室内は人いきれで蒸し暑く、空気もどんよりしている。ヘクター・トリンブルと息子のジョーイは、証人のために用意された最前列の席に座っていた。二人の隣に座るのは、中学校と長老派教会で用務員を務め、同時にレゲット夫人宅の敷地と暖房炉も管理しているデイブ・テイラー老人と、市民代表として州警察レイクビュー分署から出席しているギリガン州警察官である。

室内の反対側には、ビル・レゲットと妻ジョアンが座っている。ビル・レゲットは両腕を肘掛けに置き、やつれた顔を両手で覆っていた。隣に座るジョアン・レゲットは夫の腕に手を置きながら、堂々たる様子で前を向いている。やっぱりすごい美人だ、とジョーイは心のなかでつぶやいた――歳をとっているのは間違いないが、あんな美人は見たことがない。ジョーイはそのことを、伯父のジョージに話したことがあった。

するとアンクル・ジョージは、真面目ぶってうなずきながらこう答えた。

「おまえの言うとおりだ、ジョーイ。もう二十五歳なのに、美貌はまったく衰えていないな」

ジョーイは陪審のほぼ全員をすでに知っていたが、中でも陪審員長を務めるレッド・イーガンは特別だった。何しろ、自分とアンクル・ジョージ、そしてセッター犬のティミーと一緒にハンティングに出かけたことがある仲なのだ。いったん森に入ると、レッド・イーガンはアンクル・ジョージに次いで二番目に優れた人物だった。いつの日か、せめてレッド・イーガンのようになれればどれだけ素晴らしいだろうと、ジョーイはいつも考えていた。もちろん、ジョージ伯父さんと肩を並べるなんて絶対に不可能だ。

郡検察官を務めるパトリック・アロイシウス・モロイ氏は豊かな頭髪をかきあげると、手にした書類の束に目をやった。それからようやく陪審のほうを向く。するとジョーイの背後で、傍聴人のあいだから安堵のため息がもれた。

「陪審のみなさん」モロイ氏が話しだす。「わたしはここに残酷な事実を提示し、ウィリアム・レゲットが非情にも大叔母のリディア・レゲット夫人を殺害した罪で起訴されるべきか否か、公平な判断を仰ごうとするものです」

「犬も殺したんだ！」

そんなことを言うつもりはなかったのに、自然と口をついて出た。背後でクスクス笑う声が聞こえ、隣に座るヘクター・トリンブルは顔を真っ赤にしたかと思うと、息子の手首をぐっと摑んだ。

パトリック・アロイシウス・モロイ氏はゲームをどう進めるべきか知っており、その瞬間を自分の有利に変えた。ジョーイに向かって優しく笑みを浮かべ、こう語りだす。

「この少年は正しい。そう、『犬も殺したんだ！』殺人犯の冷血さを示す証拠が必要だというのなら、それはレゲット夫人の飼い犬だ。みなさん、この殺害が前もって綿密に計画されたものであり、細部に至るまで計算されたものだということは、犬の殺害が示しているのです。

陪審のみなさん、わたしは何名かの証人による証言を通じ、いくつかの事実を立証したいと思います。その一部はみなさんもすでにご存じのことですが」そこで再び書類に目を落とす。「まずは、七十七歳のリディア・レゲット夫人が、二十四年前から未亡人だった事実。レゲット夫人のご主人が亡くなったあと、彼女は町の大通り沿いに住んでいたにもかかわらず、一種の世捨て人となっていた。過去二十年、自宅以外の場所でレゲット夫人を見たという人物、あるいは彼女の自宅に入ったという人物を、わたしは一人も見つけることができなかった。この間、食料などの日用品はすべて家の裏手にある通用口に運ばれており、そこには必ず代金が置かれていた。

みなさん、この事実を心にとどめていただきたい――代金！　レゲット夫人は、この町はもちろん、全国のどこにも銀行口座を持っていなかったと思われる。なのに、いつも現金で支払っていた！　地元の慈善団体に対する毎年五百ドルの寄付金も、常に現金で支払われていた。この町の住民は誰しも、レゲット夫人は多額の現金をいつも手元に置いていると考えたに違いない。

軽率と言えば軽率かもしれないが、レゲット夫人は身の安全をまったく考えていないわけではなかった。長年にわたり犬――全部で三頭――を飼っており、いずれも優秀な番犬として知られていた。中でも最後に飼った犬――シェプというドイツ生まれの警察犬――は、みなさんもご存じのとおり一種の驚異だった。レゲット宅のフェンスから外に出たことがなく、むやみに吠えることもない。しかし誰かがフェンスに手をかけようものなら、鋭く吠え立ててそのことを飼い主に知らせる。大胆にも門をあけて敷地に入れば、その人物は残忍な牙の犠牲になるだろう。レゲット夫人のために雑用をしていたデイブ・テイラー氏は、レイクビューで唯一シェプに敵と見なされていない人物だった。のちほど本人がそのことを証言してくれるでしょう――そして、シェプが有していた番犬としての残酷さと優秀さについても。

シェプの特質を証言するもう一人の証人として、州警察官のギリガン氏がいます。みなさんもご存じのとおり、ギリガン氏はレゲット夫人の隣に住んでいる。そして若きハンティングの名手、ジョーイ・トリンブル。彼もシェプについて証言するのにうってつけの人物です――」そう言ってジョーイに温かな笑みを向ける。「彼はこの年齢にして、猟犬を自由自在に操れると評判であり、シェプと仲良くなろうとしたものの、結局失敗したことについて証言する予定です。

さて、みなさん。ジョーイ・トリンブルは早起きです。昨夜は嵐に見舞われましたが、朝は穏やかに晴れていた。若きジョーイ・トリンブルは午前六時ごろに大通りを散歩していたが、レゲット夫人宅のフェンスの外側で足を止めた。シェプと仲良くなるという以前からの計画が頭に浮かんだことは間違いない。だがそのとき、それを実現させるのが不可能であることに気づいた。家の裏手、血だまりのなかに横たわっているシェプの姿を見たからです。犬が死んでいることは一目瞭然だった。

若きトリンブルは動転することなく頭を働かせ、ギリガン宅に駆け込んで助けを求めた。二人してレゲット夫人宅の裏手に戻ったところ、犬の殺害からしばらく経っていることがわかった。すでに硬直していたのです。そして、忠犬の喉が残酷にも切り裂かれているのを見た」

モロイ氏はそこで言葉を切り、陪審員が最後の一言を理解するのを待った。

「みなさん、ここで思い出していただきたい。あの家に入ろうとすれば必ず、シェプが鋭く吠え立てる。ギリガン氏は昨日の夕方からずっと自宅にいたが、犬の鳴き声は聞かなかったと証言するでしょう。それがなぜかはご存じのはずだ。吠え立てることのないよう、犬は殺されたのです。敷地に入ってもシェプが警戒しない人物はただ一人――デイブ・テイラー老人です」そこで、ヘクターの隣に座る証人を見る。「シェプはデイブの出入りを許していた。まさにこの事実によって、レゲット夫人宅へ安全に出入りできた唯一の人物、デイブ・テイラーに対する嫌疑が晴れるのは、このあとすぐに立証されるでしょう。敷地に入ったところで吠え立てられることはないのだから、わざわざ殺す必要などないのです。

みなさん、この残酷極まりない犯罪の動機は明らかです。それは金——レゲット夫人が貯め込んでいた巨額の現金。故人の甥の息子であるウィリアム・レゲットは現金を必要としていた。みなさんご存じのとおり、ウィリアム・レゲットは定職に就いていない。わずか十日前、車が金融機関に差し押さえられたのは公然の事実だ。大叔母から金を借りようとしたが断られたのも、よく知られた事実だ。犯行当日の夕方、赤獅子亭のバーから電話をかけ、結局断られたのを目撃されているのです。

その後、ウィリアム・レゲットが人前で大叔母を脅したこと、そして夕方遅く、レゲット夫人宅のフェンスの外側でうろつき回っているのを目撃されたことが、証言によって明らかにされるでしょう。ウィリアム・レゲットいわく、直接借金を頼むべく勇気を奮い起こそうとしたものの、結局くじけてそのまま帰宅したという。わたしはその証言に対して合理的な疑問を呈し、大叔母が愛犬シェプを放すまでウィリアム・レゲットは待ち続け、その後犬に忍び寄って喉をかき切り、それから家に侵入して大叔母も同じように殺害したあと、現金を見つけようと家中探し回った——それにはきっと何時間もかかった——ことを、みなさんに確信させるつもりです。さあ、質問がなければ最初の証人を呼びたいと思います」

「ちょっと待った、パット」陪審員席からレッド・イーガンが声をかけた。「この審理において、ウィリアム・レゲットに弁護士はついているのか？」

「レゲット氏は弁護士をつける権利を放棄したのです」モロイ氏が答える。「弁護士を雇う金がないと。もちろん、起訴が決定して刑事裁判に持ち込まれれば、法廷が弁護士を指名することになっています」

そのとき、なじみのある乾いた声が耳に入り、ジョーイ・トリンブルは後ろを振り返った。声の出所は法廷の最後部で、そこにはジョージ・クラウダーの痩せた長身があった。澄んだ青い瞳が、氷のような冷たい光を放っている。

「わたしがウィリアム・レゲットの弁護をしたい——もちろん無料だ。ミスター・モロイ、五分間だけ時間をくれないか。そうすれば、あんたが町民の金を無駄遣いし、なお悪いことに、町民の時間をも無駄にしていることを証明できる。金は取り戻せるが、時間は取り戻せない」

ヘクター・トリンブルは頭を抱えた。怠け者の義兄が町民を愚弄しようとしている。

パトリック・アロイシウス・モロイ氏はいかにも不愉快そうにアンクル・ジョージを見た。この長身で銀髪の人物とは何度か会ったことがあるものの、どれも愉快な出会いとはいいかねた。顔をしかめながら、仕方なく若きレゲット夫妻のほうを向く。

「クラウダー氏の申し出を受けますか」

ウィリアム・レゲットはうなずいた。一方のジョアンは相変わらず前を向いたまま、澄んだ声でこう言った。

「光栄です。ありがたいですわ」

興奮したささやきが飛び交う中、アンクル・ジョージは通路を歩いた。彼が「ひとかどの人物」であることをみな知っていたのだ——きっと何かが起こる。

アンクル・ジョージはジョーイの席のそばで立ち止まり、節くれ立った力強い手を甥の肩に置いた。それから片目をつぶり、こう声をかけた。

「事実は明らかじゃないかね、ワトソン君」

ジョーイは思わず目をぱちくりさせた。

「そんなことは――」

「いやいや、ワトソン。きみの観察力はどこへ行った？　検察官にいくつかヒントを与えてやらなきゃならないいな」

「ふざけている場合じゃありませんよ、クラウダーさん」モロイ氏の声は怒気をはらんでいる。

「いや、そのとおり。申し訳ない。だが最近コナン・ドイル医師の著作を読んだばかりで、そんな風に話す癖がついてしまったんだ」

「ジョージ！」ヘクターが思わずささやく。もうやめてくれ――ここは法廷だぞ！

「だが、ミスター・モロイ。わたしの依頼人は犯人じゃない。いま聞かせてもらった事実から、真犯人に関することをいくつか指摘できる」そう言って目を輝かせながら、再びジョーイをちらりと見る。「親愛なるモロイ君。殺人犯は身長五フィート七インチで白髪頭、左利きでリウマチを患っている。刃がぼろぼろに欠けたナイフを持ち、噛み煙草をたしなむ。さらに禁酒主義者であり、乱視のせいで何かを読むときは眼鏡が欠かせない。そして先の大統領選挙では、民主党の候補者に投票した」

あんぐり口をあけているモロイ氏を見据え、さらに続ける。「検事閣下、わたしの依頼人はこのどれにも当てはまらない。よって彼の釈放を要求する。しかしいま述べた事実があれば、真犯人を捕らえるのはそう難しくないはずだ」

モロイ氏は陪審員席の手すりに拳を叩きつけた。

「何を馬鹿げたことを！」

「馬鹿げてなどいないよ」アンクル・ジョージの声はあくまで冷静である。「正確な事実だ」

ヘクター・トリンブルの隣に座るデイブ・テイラー老人が、それを聞いてくすくす笑った。

「おかしいですな、クラウダーさん。あんたがいま述べたことは、すべてわしに当てはまる。だが、わしが犯人でないことは、この場の誰もが知っている。世界で唯一、あの犬を殺す必要のない人間だからな。シェプはわたしを見ても、絶対に吠え立てたりはしない」

アンクル・ジョージの瞳から輝きは消えており、窓外の冬空よりも冷たく光っていた。

「いや、デイブ。事実はそれと逆で、あんたこそが犬を殺さねばならない唯一の人物だった。レゲット夫人が殺されて家が荒らされ、なのに犬は生きているとなれば――隣に住むギリガンは、犬の鳴き声を聞かなかったと言った――あんたは即座に刑務所行きだ。だから、犬を殺さねばならなかったのさ」

デイブ・テイラー老人の目が急に焦点を失った。

「しかしあんたは――」

「もういい、デイブ」アンクル・ジョージが遮る。「ミスター・モロイ、わたしはきみのことを知らないが、名誉ある陪審員長のレッド・イーガンは犬に関する知識がある。レッド、堅い雪の上を音も立てずに歩いて犬を捕まえ、犬に鳴き声をあげさせることなくその喉をかき切るなどということが可能だろうか」

レッド・イーガンは満面に笑みを浮かべながら、ゆっくり首を振った。それを見たアンクル・ジョージは、再びモロイ氏のほうを向いた。

「銃で撃たれたり、毒物を注射されたりしたとすれば――議論の余地はあるかもしれない。しかし、シェフに近づき身体を捕まえ、鳴き声をあげさせることなく喉にナイフを当てるとは！　そんなことをできるのはデイブ以外にいない――他の誰にも不可能だ」

法廷が急に騒がしくなった。デイブ・テイラー老人が声を振り絞って叫びだす。

「我慢できなかったんだ。あれだけの金を持ちながら、クリスマスプレゼントはおろか、硬貨一枚のチップさえくれなかった。二十四年も仕えてきたのに――」

しかし、ギリガンがデイブ老人の腕を掴んだ。

「さあ、来るんだ」

ビル・レゲットはアンクル・ジョージの背中を叩いている。ジョアン・レゲットも両目を星のように輝かせていた。

「信じられないよ！」ビルは声をあげた。「確かに、あなたが言ったことのほとんどは、見るべきところを見ればわかるんでしょう。ただナイフのことと――民主党候補に投票したことはどうしてわかったんです？」

「一緒に釣りをしたことがあるんだ。そのとき、問題のナイフを使うのを見た。それにわたし自身も民主党員だが、レイクビューの町で民主党員として登録されているのはせいぜい十人程度。デイブもその一人なんだが、わたしはたまたまそれを知っていたんだよ」そこでジョーイを見おろす。「ワトソン君。このささやかな事件も、解決してみれば初歩的な問題だったというわけだ」

その言葉にジョーイは喜びを爆発させた。

「すごいよ、シャーロック伯父さん！　信じられない！」

どこからともなく

雨粒がインペリアルのフロントガラスを激しく叩く。正面からホースで水をかけられているかのような勢いだ。二車線の狭い道路には水が溢れ、跳ね返ったしぶきが波となって車の底を洗う。ハンドルを握る痩せた男は前のめりになって外を見つめるが、ヘッドライトの光に浮かぶ雨水しか見えなかった。

「十ヤード先も見えやしない」男は言った。「まったくいやになる」

助手席に座る太った男がポケットから煙草を取り出し、ダッシュボードのライターで火を点ける。それを渡された運転手は、深々と煙を吸い込んだ。

警察とFBIにはこの二人組についての記録があった。ハンドルを握る痩せた男はレイ・スタック、以前から窃盗や脅迫を繰り返している。童顔の太った男は名をペリー・マクヴェイといい、銀行強盗と殺人で指名手配中。マクヴェイは国内でもっとも危険な指名手配犯の一人とされている。

「もう限界だ」レイ・スタックが続ける。「ちょっと車を停めちゃだめか？　そのうち雨も止むだろう」

「なんだって？　もう二日も止んでないじゃないか。何分か車を停めたら雨が止むとでも言うのかよ。いくつも川を渡っただろう。そのどれも橋の高さ近くまで水位があがっていた。おれたちは洪水のど真ん中、無事脱出できるように祈ったほうがよさそうだ。さもないと逮捕されちまうぜ！」

「どんどんひどくなるな」スタックは言った。

「道路地図を見ると、あと十マイルか十五マイルでマサチューセッツ・ターンパイク《高速道路》と交差する。その先は状況によっていくつか選択肢がありそうだ。とは言え、ターンパイクをくぐるまではこの道を走るしかない」

車は道路の真ん中にある水たまりに突っ込んだ。大型エンジンの音が一瞬途切れ、すぐに走り抜ける。

そのとき、マクヴェイがいきなり前方に身を乗り出し、フロントガラスに渦を巻く水しぶきを見つめた。

「光が見える――小さいが動いているぞ」

「誰かが懐中電灯を振っているようだ」

太った男は唇を引き締めながら、横にあるブリーフケースに手を伸ばした。それをあけ、革張りの内部から四五口径の自動拳銃を取り出す。

「検問だぞ！」男は険しい声で言った。

スタックはハンドルを握りしめた。

「なんとか言い逃れよう」

「馬鹿を言うな」マクヴェイが反対する。「車を停めるなよ。絶対だ。どうせおれたちは有名人だからな」

「でも、ペリー――」

「この野郎！」マクヴェイは怒鳴りつけた。「こんな田舎道で死にたいのかよ。アクセルを踏み続けるんだ！」

揺れ動く懐中電灯が目前に迫ったとき、マクヴェイが突如絶叫した。

「見ろ、レイ！　前方に橋がある。覆いつきの橋だ。あいつは警告しているんだよ」

「いや、警官がおれたちを停めようとしているんだ！」

スタックはそう言うと、アクセルを床まで踏み込んだ。懐中電灯を持つ人影は橋のたもとに戻っていた。いまやニューイングランドに数本だけとなった覆いつきの橋だ。疾走する車のヘッドライトが人影を映し出す。口を大きくあけて何やら叫んでいるが、その内容は嵐に紛れて聞き取れなかった。

「おい、ひき殺すつもりか？」マクヴェイが大声をあげる。

スタックは歯ぎしりしながらぞっとするような笑みを浮かべた。

「知ったことか」そう言って負けじと絶叫する。「馬鹿野郎、どきやがれ！」

一瞬見えたその人影は警官でなく少年のようだった。まさか轢くことはあるまいと思っていたのか、避けるのが遅れてしまった。だが最後の一瞬、かろうじて路肩に飛び込む。そしてマクヴェイは、少年が溢れかえるような川に向かって土手を転がり落ちてゆくのを見た。

車は恐ろしいまでの猛スピードで橋にさしかかった。足下がぐらぐら揺れ動くように感じたものの、猛烈な勢いで橋を渡り切り、再び固い地面を疾走する。そして車が橋から数ヤードも離れないうちに、それは起きた。

水の流れる轟音に続き、丸太の裂ける音が響き渡る。そして橋はおもちゃのごとくばらばらに壊れ、波立つ川に呑み込まれていった。溢れた水が車を捕らえ、一回転させる。ヘッドライトは直前まで橋がかかっていた場所を照らしていた。

二人は濁流を見つめていたが、やがてマクヴェイが舌なめずりをした。

「兄弟、危ないところだったな！」

スタックは震える指でポケットから煙草を取り出した。

「あの坊主はどうなった？」

「この水量だ、助かりっこないさ」

スタックの瞳にライターの炎が浮かびあがる。

「おれたちのことが誰かにばれる心配はないわけだ」そう言いながら、眼前の奔流をちらりと見る。

「さあ、行こう」

「待て、あいつ何かに摑まっているかもしれないぞ」

「もう忘れろよ」

数年前に発生した夏の洪水はウィンステッド、トリントン、そしてダンベリーといったコネチカット各地の町を災害指定地域にしたが、レイクビューに被害をもたらすことはなかった。そして悪夢のような洪水が再び襲いかかったこの夏の夜、レイクビューは最悪の事態に備えていたものの、またしても大きな害を被ることはなかったのである。電気に続き電話が不通になり、地下室が水に沈み、いくつかの場所では汚水溜めが溢れ、大通りに汚物が流れ込んだくらいだ。

死者はいなかった――町の北端にかかる覆いつきの橋が流されるまでは。そのときレイクビューは闇に覆われ、水浸しになり、外界との接触が断たれた。洪水以外のニュースはなく、そのニュースさえも緊急用の無線局から流れてくる有様だった。

災害に襲われなかった人々は自宅で待機するよう命じられた。州間高速道路での移動はほぼ不可能。川の水量はどこも信じられないほどで、いくつもの橋が流された。

「いまいる場所が危険でない限り、その場にとどまってください！　安全な場所を離れることは、被災地域の混乱を一層悪化させることになります！　明日の遅くまで風雨の勢いは衰えません。事態の悪化が懸念されています。水を沸かしておいてください。繰り返します。水を沸かしておいてください。沸かしていない水はどんな目的であっても絶対に使わないこと。繰り返します――高速道路は危険です。川の流れは変わりました。州知事は非常事態宣言を発したものの、空中からの調査が行なわれる明朝まで、具体的な指示を出すのは困難です」

レイクビューは闇に包まれ、水浸しになり、そして孤立した――しかし、パニックに襲われることはなかった。家庭用ラジオは使い物にならなかったものの、緊急速報だけは聞くことができた。それに小規模な民間防衛隊も活躍し、数名の病人をより安全な場所に移した。さらに、地元に二軒ある食料雑貨店がいずれも被災したので、高台にある学校に在庫の食料が運ばれた。

町の医師三名も学校に臨時の司令本部を設けた。また陽が昇っているあいだ、被災しなかった男たちの大半は、郊外の牧場から乳牛を移動させる手伝いをした。洪水の被害がもっとも大きいのは郊外なので、町の中心部により近い高台の牧草地へ移そうというのである。乳牛の飼育はレイクビューの主産業であり、それらの牧場と、素晴らしい黒毛のアンガスビーフを飼育する牧場数軒が町の経済を支えているのだ。

レッド・イーガン保安官は急遽任命された保安官助手の一団とともに家屋を一軒一軒訪れ、緊急時の指示を与えた。電話も通常のラジオ放送も使えないからである。だが、町民の大半はすでに、緊急速報を通じて自分のすべきことを聞いていた。誰もが驚くほど元気で、心配しているのは近隣の町村に住む友人や親戚のことだった。町民は四年前の段階で再び洪水に襲われたときの対策を立案しており、いまはヒステリーを起こすこともパニックに襲われることもなく、その対策を実行していたのである。こうして、日の出を待って事態の把握が行なわれることになっていた。

深夜近くになり、人の気配が感じられるのは大通り沿いの商業地区だけになった。保安官は車六台で道を塞いでおり、そのうち三台が北を、別の三台が南を向いている。一種の道路封鎖というわけだ。どの車もストップランプを灯しているが、各車に保安官助手が一人ずつ乗っていて、近づく車を見た瞬間、ヘッドライトを点灯させることになっていた。

自動車による道路封鎖は、ヘクター・トリンブルが経営する薬局の真正面で行なわれた。ヘクターはサスペンダーとベルトを同時に身につけるほどの悲観主義者だと、かつて評されたことがある。だが突然襲ってきた洪水のおかげで、その悲観主義が報われることになった。緊急用にカセットガス式の消毒器具や調理器具を準備していたので、停電が起きたあともコーヒーを飲み、試験管や蒸留器を消毒できたのである。さらに、店内には緊急用のガス灯まで備えられていた。

町は突如として物不足に陥ったわけだが、ヘクターの店には余分な在庫があった――「何かあったときのため」だそうだ。息子のジョーイは保安官との連絡役として走り回っていた。妻のエスター・トリンブル――旧姓クラウダー――も「何かあったときのために」看護の研修を受けており、医師三人の手伝いをしながら、本来入院する必要があった患者の世話にあたった。

深夜近くになったころ、トリンブル親子とアンクル・ジョージはジャネット・グレイヴスとともに店にいた。彼女は学校で八年生の担任を務めていたが、夏の書き入れ時になるとヘクターの薬局を手伝っていたのである。大人三人はコーヒーを、ジョーイはストローでコーラを飲んでいた。アンクル・ジョージに対するジョーイの忠誠心を脅かす人物がいるとすれば、ジャネット・グレイヴスこそがそうだった。いわゆる初恋というやつだ。ジョージも妹にこう言ったことがある。

「まあ、あいつも見る目があるよ。わたしだってあと何歳か若ければ――」

日付が変わる直前、大通りの北端にヘッドライトの光が浮かんだ。雨の中ということもあり、ぼんやりとしか見えない。緊急事態でもない限り、こんな時間に外出する人間などいないはずだ。アンクル・ジョージはカウンターの椅子から立ちあがり、レインコートを羽織った。ジョーイも無意識のうちにそのあとを追いながら、ジャネット・グレイヴスをちらりと見た。そのとき彼女が浮かべた微笑は、その赤毛に似つかわしく温かかった。ジョーイは奇妙なかたまりが胃のなかで上下するような感じを覚えた。そのせいでアンクル・ジョージについて行く気も失せそうになる。

通りの端にヘッドライトの光が浮かんだ瞬間、イーガン保安官の指示で北を向いていた三台の車がライトをフルに点灯させた。

このバリケードを突破するのはどう考えても不可能だ。大型のインペリアルは徐々にスピードを落とし、ついに停まった。運転席にイーガン保安官が近づく。すると、青白い顔を緊張させながらハンドルを握るレイ・スタックと、にやにやと笑みを浮かべる太ったペリー・マクヴェイの姿が目に入った。マクヴェイは革のブリーフケースに手を伸ばして何かをとろうとしているかのようだった。

「見ない顔だな」信じられないというように、レッド・イーガンが口にする。

「ああ」レイ・スタックが答えた。「ニューヨークに向かっているんだ――差し支えなければ通してほしい」

保安官は笑顔を向けた。

「まあ、かまわないがね。だが、先へ進むのは不可能だ。今夜だけじゃない――二、三日は無理だろう。そもそも、どうやってここまでたどり着いたんだ？　ここから出るのも、ここに入るのも不可能なはずなのに」

「二十一号線を走ってきたんだ」

「覆いつきの橋を渡ったのか？」

「ああ」

「あの橋はもう流されたはずだぞ。それにこんな車、ここ五、六時間はあの橋を渡れなかったはずだ。部下があんたらを停めなかったか？」

「懐中電灯を持っていた奴か？」

車内は暗く、相方のほうを向くマクヴェイの小さな目に危険な光が宿ったのに、イーガンは気づくことができなかった。

「ああ、停めようとしたさ」マクヴェイが早口で答える。「だが、おれたちは危険を承知で渡ることにしたんだ。それで残念な知らせがある。おれたちが渡った直後に橋は流されたわけだが、ちょうどそのとき、そいつも覆いの入り口にいたんだ。それで増水した川の水に襲われ――橋と一緒にそいつは流されてしまった。おれたちも五十ヤードしか離れていなかったから、危うく流されそうになったがね」

イーガンの頰がぴくりと動いた。

「渡れたのは奇跡だな。ともあれ、あんたたちはここにたどり着いた。しばらくはいてもらわなきゃならん。ここを出るのは不可能なんでね」そう言うと、いつの間にかそばにいた、彫りの深い顔立ちをした男に向かって話しかけた。「ジョージ、ラス・トゥーミーが流されたそうだ。橋と一緒に」

「聞いたよ」アンクル・ジョージが答える。そして悲しげな淡いブルーの瞳を、車中のスタックとマクヴェイに向けた。

「橋と一緒に流されたのは間違いないか」

「この目で見たんだ」マクヴェイが言った。「生きている見込みはない。何しろ五十フィートは吹き飛ばされたからな。ついてないよ」

「母親に知らせなきゃならん」アンクル・ジョージが口にする。「ジョーイもきっと悲しむだろう。ラスとは仲がよかったからな」

「二人とも店内に入って、熱いコーヒーでももらったらどうだ」イーガンが言った。

「いや、先を急いでいるんだ」と、マクヴェイ。

「冗談じゃない。無理だと言ってるだろう。この町への出入り口はいまやあの古い橋しかない。それが流されそうだと何時間か前に報告があったので、ラスを向かわせたんだ。あんたたちが渡れたのは単についていたからだ。さあ、そこに車を駐めてコーヒーを飲むんだ。ヘク・トリンブルの店にはラジオがあって緊急速報を聞くことができる。この森林地帯を抜けるのは不可能だ——朝になれば状況がわかって、復旧作業に取りかかることになっている」

マクヴェイとスタックは顔を見合わせた。

「コーヒーも悪くないかもな」マクヴェイが言った。

ついに二人はインペリアルを路肩に駐め、車をおりた。マクヴェイの手にはファスナーのあいたブリーフケースが握られている。

「コーヒーはなかだ」アンクル・ジョージはそう言いながら、二人をドラッグストアに案内した。

ヘクターはジャネット・グレイヴスと一緒にカウンターの後ろにいた。彼女はコーヒーカップを洗っているところだ。ジョーイ少年はカウンターの手前にある椅子に腰掛けていたが、身体をひねって店の入り口を見た。

「この町にやって来た最後のお客さんだ」アンクル・ジョージが説明する。「あの覆いつきの橋だが、どうやら流されたらしい——この二人が見たそうだ」そう言うと、力強い茶色の手をジョーイの肩に優しく置いた。「それにもう一つ、残念な知らせがある」

「コーヒーでいいかね、お二人さん」はっきりした声でヘクターが訊いた。

「ああ、どうも」スタックはそう答えると、ジャネット・グレイヴスを見て舌なめずりをした。

「なんです、悪い知らせって？」ジャネットが尋ねる。

すると、茶色の手がジョーイの肩に回った。

「ラス・トゥーミーが橋と一緒に流されたんだ」アンクル・ジョージが言った。「この人たちに橋から離れるよう警告したんだが、それでもこの二人は危険を冒した。その直後、橋が——ラスと一緒に——流された」

たちまちジョーイ・トリンブルの目に涙が溢れ、彼は小声で言った。

「ラス、かわいそうに。でも——ラスは自分の仕事をしたんだ。本望だったに違いないよ」ジョーイは溢れる涙をこらえていた。

「トゥーミーはジョーイの親友だったのよ」と、ジャネットがマクヴェイに説明する。「たぶん二十歳くらいだけど、本当に仲がよかったわ」

「そうか、自慢できる友だちだったんだな」マクヴェイが親切さを装ってジョーイに言った。「きみの言うとおり、あれが彼の仕事だったんだよ。彼はおれたちを止め、橋のことを注意した。おれたちが試してみると言ったので、彼は何度も止めようとしたが、おれたちはとにかく先へ進んだ。そしたらすぐに――ドボン！　何もかも流された」

ジョーイはさっとマクヴェイの顔を見た。

「止めようとしたの？」

マクヴェイはうなずいた。

「ああ、橋はきっともたないと何度も言ったんだが、おれたちは危険を承知で渡る必要があった。ニューヨークへ行かなきゃならないんだよ。いまだってそうだ」

するとジョーイの目が輝いた。

「それじゃあラスのはずはない！」

「いや、ラスに決まってる」ヘクターが口を挟む。「イーガンが橋に派遣したんだから。それはみんな知っている」

「でもラスのはずはないんだ！」ジョーイは言い張った。「だってわからないの――」

「ジョーイ！」アンクル・ジョージが鋭く声をかける。青い瞳が新品の硬貨のごとく突然冷たく光った。

「でも、ラスのはずはない！」ジョーイはそう繰り返すと、マクヴェイに笑みを向けた。「ラスがあなたを止めたはずはないよ。だって、彼は耳が聞こえず口もきけないんだから」

その瞬間、狭い店内がしんと静まりかえった。マクヴェイのぽっちゃりした手が、先ほど脇の腰掛けに置いたブリーフケースに伸びる。ジョーイは何かおかしいと感じながらも、こみあげる安堵を抑えられずにいた。

「だからラスのはずはないんだ」

アンクル・ジョージが入り口のほうへゆっくり振り向く。

「旦那、ちょっと待つんだ」マクヴェイの声は打って変わって冷たく乾いていた。その手にはブリーフケースから取り出した四五口径の拳銃が握られている。だが、その銃口はアンクル・ジョージに向けられておらず、ジョーイの左耳のすぐ上に冷えきった銃身が押しつけられていた。「ここを離れる前に、まずは事実を整理しようじゃないか。どうだい」

ヘクターは拳銃を押しつけられた息子とマクヴェイを交互に見つめた。丸々肥えた顔はいまや微笑む悪魔の仮面を被っている。次いでレイ・スタックに目を向けると、ブリーフケースから二丁目の拳銃を取り出していた。ジョージ・クラウダーは顔面蒼白で、彫像のようにじっと入り口のそばに立っている。ジャネット・グレイヴスも同じく青ざめており、赤毛がぼんやりした後光のようになっていた。

そのときヘクターが声をあげた。

「いったい何のメロドラマだ。その銃をしまってくれ。今日こんなことがあったから、我々はみんな疲れているんだ――」

「口をひらくんじゃない」マクヴェイの笑みはヘクターに吐き気を催させた。「いいと言うまで動くんじゃないぞ。さもないとカウンターにこの坊主の脳みそが飛び散るからな。まあ、ぞうきんの準備でもしておけ」

「おれがあの懐中電灯の男の話をしたもんだから、おまえは不機嫌になっちまった」レイ・スタックがひび割れるような声で言った。「それで橋での話をでっちあげる羽目になったが、なんとその男は口がきけないときたもんだ」

「黙れよ」マクヴェイはそう言うと、カウンターのラジオを顎で指した。「動くか」

ヘクターが唇を舐めて答えた。

「電池なら入っている――何かあったときのために――」

「それで洪水のニュースを聞けるか」

「き、聞けるのはコネルラッド（一九五〇年代から六〇年代にかけて運用された民間防衛放送）だけだ。他の局はすべてストップしてる」

「かけろ」と、マクヴェイは豚のような視線をジャネットに向けた。「お嬢さん、手は見えるようカウンターの上に置いたままだぞ。こういう田舎の店は、往々にしてカウンターの裏に銃を隠しているからな。強盗対策のつもりだろうが」そこでヘクターに笑みを向ける。「ドアに鍵をかけろ。おれたちが話しているあいだ、誰も暇つぶしに入ってこられないようにな」

「しかし、保安官と約束が――」

「じゃあ取り消せ――さっさとしろ！」

そこでアンクル・ジョージの鋭い声が割り込んだ。

「動くな、ジョーイ！」

ジョーイがロマンチックなヒロイズムを頭に思い浮かべていることを、その顔から読み取ったのだ。

「ほう、わかってるじゃないか」と、マクヴェイが言う。「言われたとおりにするんだ、坊や。動くな！　おい、ラジオをつけろと言っただろ！」

一瞬の雑音のあと、トランジスターラジオから声が聞こえた。

「――明日の正午近くまでは変わりません。水位はさらに上昇するものとみられます。ハイウェイの走行は控えるようにと、再び当局から注意がありました。危険なだけでなく、州北西部で橋がすべて流された可能性があるということです。安全な場所にいる人はそこでじっとしていてください。水を沸かしてください。繰り返します。水を沸かしてください。ハートフォード地区では――」

マクヴェイは左手を伸ばしてラジオのスイッチを切った。

「他のニュースはやってないのか」

「どんな犯罪をしでかしたんだ」と、アンクル・ジョージが平坦な声で訊いた。

「この老いぼれ、頭はしっかりしてやがる」

「ジョージ伯父さんは老いぼれなんかじゃない！」ジョーイが震える声で言った。「州一番の弁護士で、それに――」

「弁護士だと？　じゃあおっさん、人を一人でも殺せば電気椅子送りだとこいつらに説明してやれ。だとすれば、あと何人殺しても関係ない」

「何をした。ラス・トゥーミーを轢き殺したのか」と、アンクル・ジョージが追及する。「警察のバリケードか何かだと思ったのか」

「本当に頭の働く老いぼれだな」マクヴェイが言った。「現実的になってもらおうか、おっさん。このしみったれた町から脱出する方法があるに違いない。それはあんたらの誰かがよく知っているはずだ。車で脱出できなければ、歩いて出るしかない。おれとレイがそうせざるを得ないとなれば――このガキも連れて行く！　あんたら二人がここに残って、何かしゃべらないようにな。だから我々はガキを連れて行く。うまく逃げおおせたら、たぶん返してやるよ」

「ジョーイを連れて行くなんて！」ヘクターが声をあげる。「誘拐じゃないか」

「笑わせるな。おまえはどう思う、レイ」

「銃はない」スタックが言った――カウンター裏の捜索を終えたのだ。

「じゃあ、さっさとずらかる相談をしようじゃないか。どうやってこの街を出る？」

「レイクビューは二つの丘陵に挟まれた渓谷地帯だ」アンクル・ジョージが口をひらく。「きみらはその一方から来たんだから、そちらから出られないのはわかるだろう。もう一方はさらに悪い――ハイウェイに沿って川が曲がりくねっている。いまや、渓谷の南側全体は湖だ。遠泳の選手でもなければ――」

「冗談じゃないぜ」マクヴェイが口を挟む。「つまり、どちらからも出られないってことか。それなら、どちらかの丘陵を越えていこう」

　アンクル・ジョージはそれを鼻で笑った。

「こんな漆黒の嵐の中をか」

「頭の働く奴が道案内してくれればな」

「こんな天気、ジョージ伯父さんだってあんたたちの道案内をするのは無理だよ」ジョーイが身じろぎ一つせずに言った。「それに、あの森のことをジョージ伯父さんより知っている人なんて、レイクビューにはいないもの」

　アンクル・ジョージは乾いた笑みを顔に浮かべた。

「今夜はしゃべりすぎだぞ、ジョーイ」

するとマクヴェイがくすくす笑った。

「いい坊やだ。つまり、ここらへんの森にかけてはジョージ伯父さんが一番の専門家なんだな。じゃあジョージ伯父さん、こいつと一緒に来てもらおうか。いますぐ出発だ。コーヒーを飲みに来る奴なんかがいると、事が面倒だからな」

そのとき、ジャネット・グレイヴスがアンクル・ジョージのほうを向いた。

「そんなことさせちゃだめよ、クラウダーさん。手助けなんてしないで」

アンクル・ジョージは青く冷たい瞳を学校教師に向けた。

「現役時代、本物の殺人鬼と何人か遭遇したことがある。ガラガラヘビがいまにも襲いかかろうととぐろを巻き、山猫が頭上の岩場から飛びかかろうとしているのを見たんだ。対決すべきときもあれば、そうでないときもある。どうやら、ここにいる太った友人はビジネスのつもりらしい。だが不幸なことに、こいつはわたしでなくジョーイに銃を向けている。レッドとその部下を外から連れて来られるなら、弾丸の一発や二発食らったってかまわない。しかし、ジョーイやきみやヘクターを巻き込むわけにはいかない」

そこでマクヴェイのほうを向く。

「本当のことを話そう」

「手短にな」

「きみらをここから連れ出せるかどうかはわからん。山から流れる小川が小道を寸断したかもしれない。そして確かなことが一つある。懐中電灯を振って歩かなければ脱出は不可能だ。そして森の中でライトがちかちかすれば、保安官とその部下たちが何かおかしいことに気づくだろう」

「そうならないようにしろ」

「どうやって」

「金をもらって道案内すると言うんだ」

「ジョーイが一緒のことをどう説明する」

マクヴェイはにやりと笑みを浮かべた。

「一緒に冒険したがっていると言ってやれ！　子どもは冒険好きだからな。そうだろ、ジョーイ」電球が光を放つように笑みが広がった。「ほら行くぞ、おっさん。ここでぐずぐずしているあいだに、誰かが来てすべて台無しにされかねないからな」

アンクル・ジョージはため息をつきながら、神経質そうに指を曲げたり伸ばしたりしている。

「ジョーイ、お前の水筒にきれいな水を入れていこう。ミス・グレイヴス、サンドイッチを作ってくれないか。道中まったく問題がなくても、丘の反対側に出るのは明日の午後になるからな」

「部屋からキャンプ道具を持ってきたいんだけど」ジョーイが言った。

するとマクヴェイは答えた。

「お前はここに座ってろ、ジョーイ。このお嬢さんに持ってこさせよう。レイ、ジョージ伯父さんと一緒に保安官のところへ行って、町を出ることを伝えるんだ」

「あと何個か懐中電灯がいるな」アンクル・ジョージが言った。「在庫があるだろう、ヘクター」

ヘクターは息子を――そして頭に突きつけられた四五口径の銃を――見ながらぼんやりうなずいた。

「保安官とは五分で話を済ませろ。そうすれば、おまえがおかしな真似をしてもわかるし、かわいいジョーイがその罰を受ける。わかったか」

「わかったよ」アンクル・ジョージはそう答えてジョーイに優しく話しかけたが、両手はまだこわばっていた。「黙っているんだぞ、ジョーイ。一言も言っちゃだめだ――いいか、一言もだぞ。五分後には戻ってくる」

「レイ、銃はここに置いていけ。おれが両方とも持っておく。誰かがおまえにぶつかってきたり、おまえを疑ったりしたときのためにな。それからおっさん、これだけは憶えとけ。レイに何かあったら、あるいはおれ自身に何かあったら、まずはこの坊主に向けて引き金をひく。わかったな」

「ああ、わかった」

アンクル・ジョージは振り向いて外に出た。その横にはスタックがついている。イーガンが道路を塞ぐように駐めた車のパーキングランプ以外、通りは漆黒の闇だった。狭い大通りに風が吹き荒れ、その風上から奔流する川の轟きがかすかに聞こえてくる。

先頭に駐まっている車の窓をアンクル・ジョージが叩いたところ、イーガンがそれを下ろして首を出した。

「この二人なんだが、どうしても先に進みたいらしい」アンクル・ジョージはさりげない口調で言った。「ニューヨークで大きな取引があるそうなんだ。西の丘を越えてニューヨーク州に入る道案内をしたら大金を払うと言ってくれたんでね」

頭が狂ったのではないかと言いたげに、レッドはアンクル・ジョージを見つめた。

「西の丘を越えて――?」

「まあ、大丈夫だろう」表向きは穏やかな口調だが、いまだに動き続ける両手は内心の不安を示しているかのようだ。「丘の向こうにたどり着ければ鉄道駅に行ける。危険といってもせいぜいしばらく道に迷うくらいだ。ハイランド川が氾濫を起こした場所まで道沿いに南へ行けば、川に沿ってデビルズ・スライドを通って、源流にたどり着ける。そうすれば丘の頂上まであと少しだ。そのときまでに夜が明けていれば、何の問題もなく丘を越えてニューヨーク州に入れるだろう」

「そんな馬鹿な」と、イーガン保安官は言った。

「まあ、ジョーイとわたしで試してみるさ。森のほうで光がちらつくのを見ても心配しないでほしい」

「ジョーイだと?」イーガンが思わず声をあげる。「あの子を連れていくのか!」

「そうさ。まあ、大変な目には遭うだろうな。きみがくれた新しいキャンピングセットを使ういい機会さ」

保安官は口をぽかんとあけてから、すぐさまそれを閉じた。

「あんたたち全員狂ってるぞ! 夜が明けたら全員ぼろぼろになって戻ってくるのがおちだ」

「この二人の車を動かしてくれ。それでハイランド川を目指して南へ向かう」

「ああ、わかった」

アンクル・ジョージは踵を返して店に戻った。スタックは相変わらずその半歩うしろをついてくる。

「うまくいったぞ」スタックがマクヴェイに言った。

「きみらの車で行けるところまで南へ向かう」アンクル・ジョージはマクヴェイにそう告げると、ジョーイの水筒とキャンピングバッグが置かれたカウンターに目をやった。ジャネット・グレイヴスは目を皿のように見ひらきながら、バッグの中にサンドイッチを入れておいたわと言った。

「ロープか物干し綱はないか」と、マクヴェイが尋ねる。「坊や、おまえはおれのすぐそばについて車まで歩け。そして山登りが始まったら――ロープをこいつに巻きつけ、反対側はおれの身体に巻きつける。プロのクライマーみたいだろう、ジョージ。それに何かおかしな真似をしたら、すぐさまおまえを引っ張って頭を撃ち抜いてやるからな。わかったか」

そのとき、顔を灰色にさせていたヘクター・トリンブルがカウンターの端を掴んで身体を支えた。

「頼む！　頼むからこの子に怪我をさせないでくれ！」

それを聞いてマクヴェイは天使と見まごうばかりの笑みを浮かべた。

「それはジョージ伯父さん次第だよ、親父さん。ひとえにこいつ次第だ」

ヘクターはジャネット・グレイヴスに巻かれたままの物干し綱を持ってくるよう言った――近ごろの薬局には何でもあるのだ。アンクル・ジョージはキャンピングバッグを手にするとストラップに腕を通し、ナップザックのようにそれを担いだ。そして水筒をスタックに手渡した。

「これはきみが運んだほうがいい。大事にしてくれよ。目的地に着くまできっと必要になるからな」

マクヴェイはジャネットが持ってきた物干し綱をブリーフケースの中に押し込んだ。

「最後に言っておく。そこの親父さんとそちらのミス・ジャネット。おれたちが出発したらすぐにここを駆け出し、保安官に洗いざらいぶちまけようと考えているかもしれんが、それはやめたほうがいい。いいか親父さん、あとをつけられていると感じたり、罠とおぼしきものに突然足を踏み入れたりした瞬間、おれたちはなんのためらいもなくあんたの息子を始末する。わかったか」

「わかったよ」代わりにアンクル・ジョージが答えた――それは口にするのを何度も強制された一言だった。入り口のそばに立つその表情は石のようだが、出発するのが待ちきれないとでも言いたげに両手を落ち着きなく動かしている。そんな姿が信じられないかのように、ジャネット・グレイヴスは目を大きくひらいてそれを見ていた。

マクヴェイはジョーイの肩を摑み、レイ・スタックのほうに軽く押した。

「坊や、おまえはレイと一緒に歩け。おまえと伯父さんはレイと一緒にフロントシートに座るんだ。おれはおまえたちのすぐ後ろを歩き、リヤシートに座る。銃口がおまえたちを狙っているからな。さあ――歩け！」

ジョーイはヘクターとジャネットを安心させるように小さく笑みを浮かべ、二人の男とアンクル・ジョージとともに夜空の下へ出た。大型のインペリアルが車列から動かされて南を向いて駐まっている。イーガン保安官が降りしきる雨に顔を打たれながら運転席の横に立っていた。彼は横目でアンクル・ジョージを見た。

「南へ向かってハイランド川にたどり着き、西の丘を越えてニューヨーク州に入れるとまだ考えているのか」

「他にいいアイデアは」と、アンクル・ジョージが訊き返す。

「いいや」保安官は素っ気なく答えた。「おれはいまでも、あんたがたみんな気が狂っていると考えている。ジョージ、暗闇で道をたどるのは無理だ。木は倒れ、川は氾濫している。夜明け前に出発するなど時間の無駄だ」

「一、二時間の差がビジネスを左右するんだよ」ジョーイのそばに立つマクヴェイが明るい声で言った。「クラウダーさんはあの森を知り尽くしていると聞いたんでね」

「そのとおり」保安官が答える。「しかし、一番よく知っている人間でも、無理なものは無理なんだ」

「せっかくのお言葉だが、もう出発しなくては」マクヴェイは申し訳なさそうな笑みを浮かべて言った。

スタックが運転席に乗り込み、ジョーイとアンクル・ジョージとマクヴェイは車の反対側にまわった。銀髪の大人と少年がフロントシートに座り、マクヴェイがリヤシートに乗り込む。ドアが閉まりエンジンが音をあげた。

「気をつけてな」嵐に負けじとイーガンが声をかけた。

「いまのところは順調だ」リヤウインドウから外を見ながらマクヴェイが言った。「自然ないい演技だったぞ、おっさん」

アンクル・ジョージは窮屈そうにフロントシートに座り、節くれ立った指を膝のうえで曲げたり伸ばしたりしている。そのしわの寄った額から何かの魔術が飛び出してくるのを期待するかのように、ジョーイは伯父をじっと見つめていた。

「あと一マイルほど走れば、深い水たまりがあるかもしれん」アンクル・ジョージが言った。「しかし歩いてなら――」その先は聞こえなかった。

数分後、車はスピードを緩めた。「前方は湖のようだ」激しく動くワイパーの隙間を見つめながらスタックが言った。

「そのようだな」アンクル・ジョージが答える。「ハイランド川が溢れ出したんだ。ここで車を停めたほうがいい」

車は停まった。マクヴェイの指示は正確だった。まず自分とジョーイとアンクル・ジョージが車を降りてヘッドライトの光の前に立つ。そしてマクヴェイがジョーイと自分に物干し綱を巻くあいだ、スタックが二人を見張るという具合だ。

やがて一行はそれぞれ懐中電灯を手に、氾濫した川沿いに泥沼の原野を横切り始めた。アンクル・ジョージが先頭に立ち、その後ろをジョーイが続く。その身体を縛るロープの先は、マクヴェイの突き出た腹に巻かれていた。そして最後尾にスタックという布陣である。

周期的に発生する、人間に対する自然の暴力は恐るべきものであり、そのコストを集計するのは会計士をもってしても不可能である。しかし、人間はできる限り安全な場所に身を潜めており、自然が猛威を振るっている瞬間、それが自らにもたらす深刻な被害を目撃することは滅多にない。三人の男と一人の少年は悪戦苦闘しながら西の丘の最初のなだらかな斜面をゆっくり登り、やがて根こそぎにされた木々や剥き出しになった巨岩、そして怒れる河川によって地面に掘られた波打つ深い溝を目の当たりにした。

懐中電灯以外に頼るべき光がない中、一行は袋小路に突き当たり、漆黒の闇に包まれた激しい風雨をついて手探りで回り道せざるを得なかった。倒れ、立ち上がり、再び倒れるものの、逃走にかけるマクヴェイとスタックの意志は変わらない。アンクル・ジョージは折れ曲がった細い木のごとく、ゆっくりながらも着実に、常に頂上目指して進んでゆく。そしてときおり、後ろを振り返ってジョーイに手を貸してやった。

嵐の音は高まるばかりのようだ。マクヴェイはロープを引っ張り、アンクル・ジョージと話がしたいとジョーイに合図した。そして四人は寄り集まった。マクヴェイはジョーイの腕を摑み、肋骨のあたりにしっかり銃口を押しつけている。

「滝の音がするぞ!」と、アンクル・ジョージに向かって叫ぶ。

年配の男はうなずいた。

「デビルズ・スライドだ。ここはできるだけ川岸から離れないほうがいい。さもないと大きく迂回しなければならん。時間が無駄になる。滝のうえにたどり着ければ、その先は簡単に進める。だが、ちゃんとわたしのあとについてきてもらいたい。この先、足を踏み外したら一大事だ」そこでジョーイを向く。「どうだ、疲れたか」

「大丈夫だよ」そう言ったものの若干息切れしている。

一行は再び上り坂を進み始めた。左側を流れる川は怒れる奔流であり、前方ではデビルズ・スライドの水音が轟いている。上り坂はいまや急になっていて、マクヴェイは懐中電灯の光を少年とアンクル・ジョージに代わる代わる向け続けた。

泡を立てて流れ落ちる滝の脇を中間ほどまで登ったとき、アンクル・ジョージが足を踏み外したかのように見えた。風と水の激しい音の中でも、その叫び声ははっきり聞こえた。左側によろめき、腕をひらいてバランスを取ろうとしたが、泡立つ滝壺へと頭から転落していった。

マクヴェイは息を呑みつつジョーイのほうに駆け寄った。そのジョーイは滝のすぐそばにしゃがみながら荒れ狂う水面に懐中電灯の光を向け、声も限りに叫んだ。

「ジョージ伯父さん！　ジョージ伯父さん！」

二人の男は無言のまま、突然の事態に身体を震わせた。やがて、スタックが懐中電灯を周囲に向け、「進むぞ」と唇を濡らしながら言った。

「ほら、ところどころ地面が崩れているだろう。おっさんはここで足を踏み外したんだ」

「よし、川岸から離れよう」マクヴェイが同意する。そしてジョーイに巻かれたロープを引っ張り、茫然としている少年を滝から引き離した。

「探さなきゃ！」ジョーイは泣き声になっている。

「馬鹿言うな！」スタックが声をあげた。「生きてるはずがないだろう！　岩に激突してもうおだぶつさ」そしてマクヴェイに「これからどうする」と言った。

マクヴェイは恐怖で蒼白になっているジョーイの顔を懐中電灯で照らしながら、冷酷に言い放った。

「お前次第のようだな、坊や。この森のことはおまえも知っているだろう。おっさんと前に来たことがあるんじゃないか」

ジョーイは心ここにあらずといった様子でうなずいた。

「古い林道があるよ。ここ――ここからなら見つけられると思う」

「そうか」マクヴェイはしかめ面で言った。「だが言っておくがな、おれたちを騙そうとしたらパパとママのところに戻り、あのかわいい先生も――」

「み、見つけられるよ！」ジョーイの声は震えていた。

「そうか――じゃあさっさとしろ！」

それから三十分間、三人は藪と倒れた木の枝をかき分けながら進んだ。そして突然、ジョーイが向きを変えて懐中電灯の光をそちらに向けた。

「あれがそうだよ。見えるでしょう」と、マクヴェイに伝える。

それから一行の歩みは大いに楽になった。道は険しいが、藪という障壁がなくなったからである。

「遠回りになっても速く進めるな」マクヴェイはスタックにそう話しかけると、ロープを軽く引いて速度をあげるようジョーイに身振りで指示した。

そのとき、突然の事態にマクヴェイは反応する余裕もなかった。

一行の目の前に車のヘッドライトが現われた。それと同時にジョーイが地面に飛び込む。ヘッドライトの光の中に踏み込んできた人影を、マクヴェイは一瞬しか見る間がなかった――それは水をしたたらせるアンクル・ジョージの姿だった。ライフル銃を構えて機械のように引き金をひく。マクヴェイの身体がマリオネット人形のように宙へ浮き、闇の中へと横倒しになった。

続いてアンクル・ジョージは銃口をわずかに左へ向けた。

「やめろ！」スタックは叫んだ。「撃つな！」そう言いながら腕を広げ、手にしていた拳銃を藪の中に放り投げた。「撃たないでくれ！」

「やめておけ、ジョージ！」別の声があがる。「こいつから話を聞く必要がある」するとショットガンを腕に抱えたイーガン保安官が光の中に現われた。「動くなよ、兄弟。腹に弾丸を撃ち込まれたくなかったらな」

アンクル・ジョージは身を伏せている少年に素早く駆け寄ってひざまずき、その身体を両腕で抱えた。

「よくやった」その声は震えていた。「本当によくやった！」

ジョーイはそうでもしなければ起きていられなかった。母親からアスピリン二錠とカップいっぱいの熱い紅茶をもらい、ブランケットにくるまっている。キッチンから伝わってくる温かさのせいで眠気に襲われ、頭がぼんやりして耳を傾けるのも一苦労だった。

ジョーイの両親とアンクル・ジョージ、イーガン保安官と可憐なミス・グレイヴスがそこにいた。

彼らはみなジョーイを巡って激しく口論していた。ミス・グレイヴスは彼に口づけした。母親ももう寝なさいとは言うものの、優しく微笑んであえて無理強いはしなかった。

「あいつらはモントリオールでダイヤモンド商人を襲った」そう話すのはイーガン保安官。「殺害して五十万ドル相当のダイヤを持ち去り、あのブリーフケースに入れて持ち歩いていたのさ。奴らは夜になれば逃げおおせると考え——洪水に向かって突っ走った。そしてトーチを振っているラス・トゥーミーを見て警察の検問と思い込み、わざと橋から落ちるように仕向けて殺そうとした」

「イーガンさん、それでもあとの部分はわからないんだけど」と、エスター・トリンブルが話に入る。「森の中にあるジョージの小屋にどうして行こうと思ったの？　それに、ジョーイはどうして何をすべきか知ってたんです？」

「それはジョージの口から話してもらおう」

アンクル・ジョージはくすくす笑いながら、愛情がこもった淡いブルーの瞳をジョーイに向けた。するとジョーイは眠たげに微笑み返した。

「銃を持っている人間はいつも、銃口を向けている相手より強い立場にいると思いがちだ。それに、銃口を見ているあわれな相手よりも事態を呑み込んでいると考える。それがマクヴェイだった。ラス・トゥーミーと言い争いになったと出鱈目を言った時点で、あいつは罠にかかった。だがそれでもここに君臨する存在——この世でもっとも賢い人間だったわけだ。我々に選択肢はなく、奴の言うことを聞くほかないように思えた——あの銃がジョーイの頭に向けられていなくてもな。しかし、我々にチャンスがなかったわけじゃない」

「そのとおり！」レッド・イーガンはそう言ってくすくす笑った。彼はジャネット・グレイヴスの隣に座っていたが、ジョーイの見るところ、彼女は話に集中するあまり保安官の手が自分の手に乗っていることに気づいていない様子だった。

「わたしはすぐ、問題が起きたとレッドに伝えた」アンクル・ジョージが続ける。「『南へ向かってハイランド川を目指す』と言ったんだが、ハイランド川はここから北に行った隣の郡を流れている。そして、この二人を西の丘経由でニューヨーク州へ連れていくと伝えた。レッドも知っているが、西の丘を越えたらそこはマサチューセッツだ。さらに、ジョーイにくれたキャンピングセットを持っていくとも言った。そんなものはくれていないのにな。二人のよそ者が疑うはずのない嘘に次ぐ嘘——それでレッドは問題が起きたことに気づいたし、わたしのやり方に合わせるほど機転も利いたわけさ！」

「あんたはいつも自分のやり方じゃないか、ジョージ」

「それからわたしはここにいるミス・グレイヴスに、森の中にある小屋でわたしと落ち合い、わたしの声を聞くまで隠れているようレッドに伝えてもらった」

「どうやって彼女と話をしたんだ」ヘクターが話に割り込む。「あんたは一瞬たりともマクヴェイの視界から離れなかった——他の人間もずっとあんたを見ていたのに」

「この町にはラス・トゥーミーと友人になった人間が三名いる。最初はジョーイ。一番の仲良しだ。そしてわたしとミス・グレイヴス。彼女は耳が聞こえず口もきけないあのかわいそうな少年に、仕事の合間に勉強を教えようとしたんだ。だから我々は彼の話し方を知っている——つまり手話だ。わたしはマクヴェイに見つめられながら入り口のそばに立ち、レッドに話すべきことを両手で伝えた。そして車の中でも、これからどうするかをジョーイに伝えた——同じやり方でだ。エスター、デビルズ・スライドのことを憶えているか。我々が子どものころよく遊んだ場所だよ。水が滝となって流れ落ち――そのてっぺんは空中に突き出ている。だから滝の後ろがプールのようになっているんだ。わたしはジョーイに、これからそこに飛び込むつもりだと伝えた。激流のせいで奴らにわたしの姿は見えないだろう――暗闇の中、懐中電灯だけでは無理だ。そしてしばらくぐずぐずしたあと、林道を通ってわたしの小屋に二人を案内させるという寸法さ」

「ジョーイの命を危険にさらしたんじゃないか」と、ヘクター・トリンブルはつばを飛ばして反論した。

するとアンクル・ジョージは深刻な表情になった。

「ああ、そのとおりだ。しかし間違っても、用済みになった我々をマクヴェイがそのまま帰したはずはない。二人とも森に置き去りにしたはずだよ――死体にしてからな。だから危険を冒さざるを得なかった。そしてジョーイが二人と森をぐるぐる歩くあいだ、わたしは小屋へと急いだ。レッドはすでに来ていて、彼のジープを道にまっすぐ向けた。ヘッドライトが点灯したらすぐ地面に飛び込むよう、ジョーイに伝えていたからな」

「それをこの子に伝えたの――両手で?」エスター・トリンブルが言った。

「車の中、スタックの目の前でな。ラス・トゥーミーは自分を殺そうとした人間に正義の裁きを下した、そう言っていいだろう」

「でも怖くなかった、ジョーイ?」エスターが尋ねる。「ジョージが滝から戻れなかったらどうしようと思ったんじゃない?」

するとアンクル・ジョージが少年に優しげな視線を向けた。

「ここらでみんな少し寝たほうがよさそうだな」

カーブの殺人

レフティー・デイヴィスが殺人犯でないことを疑問の余地なく知る人物は、レイクビューにはジョーイ・トリンブルしかいなかった。

レフティー・デイヴィスが偉大なサウスポーであることは誰もが知っており、ジョーイに言わせれば野球史上最高のピッチャーである。どういうわけか野球人生を捨て、町外れでスポーツマンズ・ロッジを経営する選択をしていなければ、大リーグ入りできたのは間違いない。そして、ループ・ワッデル、レフティー・グローブ、カール・ハッベル、サンディー・コーファックス、ジェリー・クーズマンといった偉大なるサウスポーと並んでその名を記憶されていたことだろう。

レフティー・デイヴィスはすでに全盛期を過ぎていたが、インターステート・リーグでレイクビュー軍のピッチャーを務めていた。このような人物を殺人犯だというのは、ジョーイ・トリンブルにとっては馬鹿げたことだった。食事の席で父親にそれを納得させようとしたが、うまくいかなかった。ヘクター・トリンブルは我の強い人間で、息子ジョーイはまだ十二歳。この状況は明らかにジョーイにとって不利である。

ヘクターにとってジョーイは悩みの種だった。自分の望む科学的思考が息子にはなく、泥んこ遊びに夢中の有様。ジョーイが好むのは動物と森と銃、犬を連れてのハンティング、そして人間が生み出したありとあらゆるスポーツだけなのだ。

　最後に、数多くいるジョーイのヒーローの一人が、伯父のジョージ・クラウダーである。大半の人はアンクル・ジョージを好いており、善人の紳士で、悲しげながら思いやりのある人間だと知っている。だがヘクターにとっては怠け者、役立たず、面汚しで、妻の兄にして息子のヒーローに過ぎない。だからそれはいささか受け入れがたいことなのだ。

「この殺人は不愉快な事件だ」食事の席で、ヘクター・トリンブルはおとなしい性質の妻と頑固者の息子に言った。「しかし、おとぎ話のように考えてはいけない。レフティー・デイヴィスは確かに史上最高の野球選手かもしれん。それは認めよう。より重要な議論に進めるようにな。ジョーイ、お前も認めるだろうが、あの男は左利きだ」

「そうだよ」

「まさしく。正真正銘の左利きだ。また、人間の弱さと情熱をもつ一人の人間でもある」

「あの人が誰かを殺すなんてあり得ないよ」

　無言で祈りを捧げるときのように、ヘクターはまぶたを閉じた。

「彼は最高のボールを投げられる――史上最高のスピットボール（ボールにつばをつけて投げる変化球）だと言われているな」

「スピットボールは何年も前に禁止されたよ」ジョーイは父親の無知に驚き、恥ずかしくなった。

「たとえそうでも、彼が左利きなのは周知の事実だ。それはおまえも認めるだろう。さらに、子どものころからフェイ・カードウェルを愛していたことも同じくらいよく知られている。その彼女がラヴェリックというよそ者と結婚してひどい破局に至ったのも事実だ。そして、ラヴェリックがフェイを虐待していることが明るみに出たとき、お前のヒーローが、言葉は悪いが〝乗り込んで〟いって、恐ろしい言葉でラヴェリックを脅した」

「話し合っただけだよ」ジョーイはそう言って強い忠誠心を見せた。

「そうかもな。そのときは話し合っただけかもしれん。さて、現在の状況に話を移そう。ドナルド・ラヴェリック氏は妻――先にも言ったフェイ・カードウェルだ――と一緒にハンティングや釣りを楽しもうとレイクビューにやって来た。二人は――あろうことか――スポーツマンズ・ロッジに宿泊した。お前のヒーローが所有し経営している宿だ。他の客はたった二人――名前はエマーソンとブレイクリー。二人ともこの週末まで夫妻と会ったことは一度もない。さて、その宿には――」

「あなた、紅茶のお代わりは？」エスター・トリンブルが穏やかな口調で訊いた。

「まずは最後まで話をさせてくれ。宿の客室は二階にある。そのうち三部屋にはバルコニーがあり、ニジマスが泳ぐ小川を見下ろせる。二階の他の部屋にバルコニーはない――狭い張り出しがあるだけだ。

さて、バルコニーがある三部屋にはラヴェリック夫妻、エマーソン氏、ブレイクリー氏が宿泊していた。ラヴェリックの妻によると、彼はどうしても寝つけず、そこで日が変わるころにベッドから出てコートを羽織り、バルコニーに出たという。そこで椅子に腰かけ、葉巻きに火を点けたそうだ。それからおよそ十分後、彼は三八口径の銃で眉間を撃たれて死んだ。エマーソンとブレイクリー、そしてミセス・ラヴェリックはみな寝ていた」

「そう言ってるだけさ！」と、ジョーイがつぶやく。

「ジョーイ、いいから最後まで言わせてくれ。彼らは寝ていたが、銃声で目を覚ました。そして全員乱れた服装のままバルコニーに出た。誰一人銃は持っていない」

「川に投げたのさ」

「いいから、ジョーイ。おまえの左利きのヒーローは、警察が使う特別製の三八口径拳銃を所有していた。それがバルコニーの下のテラスで発見され、発射されたばかりの痕跡があった」

「あの人は一階の事務所にそれを保管してた。誰かが持っていったんだよ」

「他の事実がなければ、その可能性もあることは認めよう。しかし、いったん太陽が昇れば、訓練された目の持ち主なら他の事実を見つけられる。弾丸はバルコニーから発射されたのではなかった。犯人は建物の隅にある張り出しに立っていたんだ。それを証明する跡がそこに残っていた。

さあ、よく聞くんだぞ、ジョーイ。その張り出しに立つのは不可能だ。幅が一インチ程度しかないからな。犯人は空き部屋の窓枠にぶら下がって建物の角を回り込んだに違いない。実際そうだった。それを証明する指紋がかすかに残っていたんだ。犯人は右手で窓枠にぶら下がり、左手を建物の角に回り込ませて――いいか、左手だぞ――その左手で引き金をひいた。顔は壁を向いていたはずだ。

建物を背にして立ち、右手を建物の角に回り込ませるのは不可能だ。だから銃を発射したのは左利きの人物に違いない。その点に疑いの余地はないんだ」

ジョーイは何も言わなかった。反論できないことは彼にもわかっていた。自分で試してみたからである。薪小屋の角に背を向けて立ち、右手を回り込ませて架空の銃を発射しようと試みたが、それは不可能だった。

ヘクターは勝利の予感がした。

「それに加え、ミセス・ラヴェリックもエマーソンもブレイクリーも左利きでないという、反論できない事実がある。もちろん、エマーソンとブレイクリーはラヴェリックを知らないのだから、この二人に動機はない。だとすると、ラヴェリックを憎んでいたのは誰か。おまえの友だち、レフティー・デイヴィスだよ。

さらに、史上最高のサウスポーだったことに加え、州の射撃大会でチャンピオンに輝いたのは誰か。おまえの友だち、レフティー・デイヴィスさ。彼は左手で銃を撃つことができ、腕も一流だ。そして、ラヴェリックは左利きの人物によって眉間を撃ち抜かれた。以上、証明終わり」

ジョーイは無言だった。確かに反論は難しい。しかし、証拠が嘘をついていることを証明する方法があるはずだ。世界最高のサウスポーが人を殺すなんてあり得ないことは、分別のある人間なら誰もが知っている。

するとエスター・トリンブルが口をひらいた。

「ジョーイ、まだ疑ってるならジョージ伯父さんに相談したらどう?」

ヘクター・トリンブルは顔を平手打ちされたかのように妻を見つめたあと、威厳を見せつつ立ち上がり、「店に行ってしばらく会計の処理をしてくる」と言った。

ヘクターが玄関を出ようとした瞬間、こう不満を漏らすのを二人は聞いた。

「ジョージ伯父さんだと?　くわばらくわばら」

そしてドアを乱暴に閉めた。

レイクビューの保安官を務めるレッド・イーガンは、レフティー・デイヴィスを殺人容疑で逮捕しなければならないことでひどく気が滅入っていた。実のところ、レフティーは彼にとってもヒーローだったのだ。それに素晴らしい男でもある。しかし、とレッドは自分に言い聞かせるのだが、女というものは素晴らしい男を狂わせることができる。それに誰に訊いても、ラヴェリックはかなりのサディストだった。そして、レフティーはいまもフェイ・ラヴェリックを愛している。さらに、左利きという事実と銃の所持は見逃せない。

レッド・イーガンはエマーソン、ブレイクリー両氏とロッジで昼食をとっていた。二人のスポーツマンは惨劇によって休暇を台無しにされたわけだが、そこにジョーイ・トリンブルとアンクル・ジョージが入ってきた。アンクル・ジョージはハンティング用の服を着ていたものの、歩きぶりと話し方には強い威厳があり、優雅ですらあった。顔には深い皺が刻まれているが、それは寛容とユーモアの皺だった。アンクル・ジョージは二人を紹介されたが、いずれも午後の列車でニューヨークに戻るという。レッド・イーガンがそこにいた理由がそれだった。彼は地元でタクシー業も営んでいるのだ。

アンクル・ジョージは真剣な口調でレッドに話しかけた。

「レッド、ここにいるジョーイ・トリンブル氏に雇われたんだよ。弁護のためにな」

「おやおや」と、レッドが口にする。

エマーソン氏は太い眉毛をした色黒で細身の男だったが、ハムエッグがのった皿から視線をあげて顔をしかめた。一方のブレイクリー氏は陽気そうな丸顔が特徴の大柄な太った男で、アンクル・ジョージにウインクするとくすくす笑った。そのくすくす笑いで腹がゼリーのように揺れている。

「ミセス・ラヴェリックはここにいないのか」アンクル・ジョージが訊いた。

「病院だよ。ショック状態になったんだ」

「レフティーは」

「ムショだよ。他にどこがある」

「証拠は完璧のようだな」

「水も漏らさぬってやつだ」

アンクル・ジョージはハムエッグと格闘しているエマーソン氏とブレイクリー氏を見て言った。

「お二人とも右利きのようですな」

ブレイクリー氏が腹を小刻みに揺らしながら答える。

「弁護士にとっては残念なことにね。わたしの見るところ、犯人は地元のヒーローじゃなかろうか」

「あの人は史上最高のサウスポーだよ——それ以外の何者でもない！」と、ジョーイが言った。

「国民の娯楽にとって大きな損失だ」ブレイクリー氏がジョーイに真面目な口調で答えた。

「左利きの人間による犯行だとここまで確かに立証されている事件は、これまで出会ったことがない」と、アンクル・ジョージは言った。

「覆すのは無理だな」レッドが答える。「それに、ここの関係者で左利きなのもレフティーだけだ。動機もある——そして、左利きの銃の名手」

ジョーイはアンクル・ジョージなら証拠を論破できると期待してそちらを見た。そのアンクル・ジョージは物思いにふけっているようだ。敗北を覚悟したのか。

「左利きについて面白い事実がある」アンクル・ジョージが口をひらいた。「それを奇形の一種とみなす人間がいるんだよ。生まれつき左利きの息子に何事も右手で行なうよう、何年もかけて教え込んだ母親がいる——食べるとか書くとかそんなことだ。しかし、そのほかのことではいまも左手を使っている」

そこで首を振って続ける。

「しかし、面白いと言えば面白い。よく見ればわかるものだ。たとえば、人間は利き手のほうの爪垢をよりきれいに掃除するものなんだ」そして深く息を吸ってジョーイの肩に手を置いた。「すまんが我々にできることはなさそうだ」

するとと突然、アンクル・ジョージの指がジョーイの肩に食い込んだ。見あげると、目を輝かせながらブレイクリー氏を見つめている。

そのブレイクリー氏はアンクル・ジョージの視線に気づかぬ様子で、左手の爪を注意深く観察していたが、出し抜けに目をあげた。丸々肥えた顔が蒼白になっている。

「おい、ちょっと待て――おいったら！」

ブレイクリー氏の額から汗が噴き出すのをジョーイは見た……


それから数時間後、ジョーイはアンクル・ジョージの小屋のステップに座り、身体を丸めて前後に揺らしていた。アンクル・ジョージはハンモックで居眠りしており、セッター犬のティミーは前足を伸ばしながら陽光の下で昼寝をしている。するとティミーが耳をぴんと立て、その直後、レッド・イーガンのジープが小道を登ってくるのをジョーイは見た。

ジープには同乗者がいた。ひょろっとした長身の男で、青いジーンズに革のジャケットをまとっている。この男はジープを降りると、まっすぐジョーイのほうに歩いていった。

「坊や、きみには大きな借りができたようだな」と、レフティー・デイヴィスは言った。

ジョーイは恥ずかしさと喜びで顔を紅潮させた。

「ぼくじゃないよ、レフティー。ジョージ伯父さんだよ」

するとアンクル・ジョージがパイプに葉を詰めながらステップの上に現われた。

「全部うまくいったんだな」

「それは見事なものさ」レッド・イーガンが答える。「奴が左利きだとわかった瞬間、我々は調査を始めて奴の口を割らせた。奴とラヴェリックはビジネスのつながりがあったんだ。そして、ラヴェリックが働いた詐欺のせいでブレイクリーが窮地に陥った。

この町で顔を合わせたとき、二人は関係を秘密にしていた。しかし、ブレイクリーがラヴェリックを説得し、みんなが眠ったあとバルコニーで話し合うことになった。それから奴は事務所からレフティーの銃を盗み、建物の角にある空き部屋に入った。ラヴェリックがバルコニーに出たのを見たブレイクリーは張り出しに登り、レフティーの銃を発射した。

次いで銃を地面に捨てると、自分の部屋に戻ってバルコニーに姿を見せる。起きたばかりの振りをしてな。地方検事がいま詳細を聞き出している——取引のことも含めて全部だ。だがジョージ、あんたはさすがだった。利き手の爪のほうをきれいにするという事実を知らなかったら、奴の嘘を暴くのは不可能だったに違いない」

するとアンクル・ジョージはマッチの火をパイプにかざしたまま、穏やかに笑いだした。

「レッド、わたしの知る限り、利き手の爪に関する『事実』など嘘っぱちだよ。そんな話は聞いたこともない。でっち上げただけさ。

子どものころによくやったいたずらがある。そばかすだらけの女の子に恋した男の子がいるとしよう。我々はそいつに、『そばかすだらけの女子とキスしたら、お前の手のひらがいぼだらけになるぞ』

とさりげなく言うんだ。もちろんみんなでな。

するとー分もすれば、その子は自分の手をちらちら盗み見る。ときには大人もそうすることがあるのさ。いつだってそうなるんだよ」そこでパイプに煙を吐き出した。「他に方法がなかったんでね。まあ、ラッキーだったというわけだ」

人の内側

レイクビューはニューイングランドのありふれた人々が住む、ニューイングランドのありふれた町だとあなたは言うかもしれない。そのように言うのは、見た目はごく単純だが、実際には極めて複雑なことに言及するようなものである。ありふれた単純な男を見てまったく複雑でないと言うのは、無知をさらけ出すことである。そして町の特徴や個性がありふれたものだと言うのは、うわべしか見ていないのを認めることである。

レイクビューにはエルムの木々が影を落としている大通りがあり、五、六軒の商店があり、自動車修理工場が二軒あり、小さな病院があり、東屋が並ぶ地区があり、そして「現地民」が一年を通じて住む地域がある。また町名の由来となった湖があり、丘の斜面に広がる数千エーカーもの森がある。レイクビューの個性の本質、すなわちそこに存在するすべての個人の本質は、親切にして品行方正、そして勤勉であって、そこに皮肉たっぷりのユーモア精神が香りを添えている。

ありとあらゆる小さな町と同じように、レイクビューには「人物」がいる——あるいは、現代風に言えば「変わり者《オッドボール》」がいるのだ。

ある澄んだ月夜のこと、レイクビューの森でこうした二人の変わり者が互いの姿を探し合っていた。一人は必死に命を守ろうとし、もう一人は命をも奪いかねない冷酷な正義の鉄槌を下そうとしている。

この町自体も登場人物の一人で、いまはその親切さ、品行方正さ、そして皮肉たっぷりのユーモア精神をかなぐり捨てていた。

最終的には真実があり、それは真実を知るただ二人の人物の助けを得ずして明るみに出た。

それは十月のある午後遅くに始まった。太陽が丘の向こうに沈みかけ、赤みがかったオレンジ色と濃い茶色の、その日最後の輝きを放っている。ヘクター・トリンブルの薬局に車が停まり、猟区監視官を務めるサム・ウィルソンが姿を現わし車の反対側へ急いだ。そして苦労しながら何かを持ちあげ、歩道を横切り薬局に向かう。それは少年の身体で、四肢に力はなく腕がだらりと垂れていた。

この町で薬局を営むヘクター・トリンブルはありとあらゆることに一家言あって、それをまくし立てるのが常だったが、そのどれも正確ではなく、思考の深さも見られなかった。国際首脳会談で何が達成されるかといったことについても、彼の観念はいささか空想的だった。それでも働き者の倹約家であり、妻と息子と一緒になかなかの生活を送っていたのである。

サムは少年の身体をヘクターの店に運び、奥のカウンター越しに店主と対面した。

「あんたの息子だ、ヘクター」息も絶え絶えにサムは言った。「ひどい怪我をしている」

尊大な態度と父性的な暴君ぶりにもかかわらず、ヘクター・トリンブルはこの世で何よりも息子を愛していた。口をひらくと「エスター！」と大声をあげ、カウンターをまわって息子を抱えるサムのもとへ駆け寄った。

「何があったんだ」とせき込んで尋ねる。「車に轢かれたのか」

サムの顔は怒りで真っ赤だった。

「レイ・ハモンドだ。おれがたまたま通りかからなかったら、この子は殺されていただろう」

「ハモンド！」ヘクターはそうつぶやくと、だらりとぶら下がるジョーイの頭部を持ちあげた。「ついさっき、奴は脅迫していった」二つの大粒の涙がヘクターの頬を流れ落ちる。「ジョーイ！」優しげな声だ。「ジョーイ！」再び呼びかけてから、サム・ウィルソンを恐る恐る見た。

「怪我がひどい。メリット医師のところに連れて行ったほうがいいぞ」

そのとき、エスター・トリンブルが姿を見せた。長身の細身で色が白く、穏やかな灰色の瞳をしている。彼女は無言で息子の身体をサムの腕から持ちあげると、店の奥にある居住スペースへ運んでいった。

ヘクターはカウンターの裏にある電話機のダイヤルに指を置いてためらっていたが、意を決して交換台を呼び出し、メリット医師につないでほしいと言った。

「緊急だ」と、ヘクターは叫んだ。そしてサムを連れて自分も居住スペースに向かう。そこで、猟区監視官としては話をする必要があった。

「子どもたちが仕掛けた罠を探していたんだ」と、サムは説明を始めた。「ザブリスキーの製材所の向こう側でな。するとジョーイの悲鳴が聞こえた。そこで丘の尾根を越えると、奴が悪魔のように空き地を横切り、この子を追いかけているのが見えた。奴だ、レイ・ハモンドだ！　おれがそこについた瞬間、ハモンドはジョーイに飛びかかり、二人とも腕と脚をばたつかせながら地面に倒れ込んだ。おれがハモンドに向かって叫ぶと、奴は振り向いてこちらを見た。まるで野獣のようだったぞ！　すると奴は跳びあがって走りだした。おれは止まれと怒鳴ったが、そうしなかったので――銃を発射した。奴の肩に命中したと思う。ハモンドは倒れこそしたがすぐに立ちあがり、そのまま逃げた。奴を追いかけるべきかこの子を助けるべきか迷ったんだが」

「だから言っただろう!」ヘクターは咎めるように声をあげた。「言ったじゃないか!」

エスターはそれを無視してジョーイをベッドに横たえると、濡れたタオルで泥にまみれた傷だらけの顔を拭ってやった。

「あなたに感謝しなくちゃ、サム」

「ハモンドを釈放すべきじゃなかったんだ!」ヘクターはいきり立っていた。「いつも言うとおり、奴は危険な男だ――人の命なんか何とも思っていない。ジョーイが死ぬようなことがあったら――」

「そんなこと言わないで、ヘクター」エスターが静かに言った。「確かめてきて、メリット先生にちゃんと電話をつないでくれたかどうか」

ヘクターは電話機へと戻り、サムがそのあとに続いた。

「イーガン保安官たちと一緒に奴を探し出しますよ、奥さん。ヘクターの言うとおりだ。あの男は殺人狂なんです。もしかしたらおれの息子がやられていたかもしれないし、あるいは他の子どもが」

「怪我をしているんでしょう? だったら見つかるわ」エスターは言った。「ところで、サム」

「何です?」

「本当に彼がジョーイに襲いかかったの?」

「間違いありませんよ。この目で見たんですから。あれほど凶悪な光景は見たことがない」

エスターはタオルで息子の蒼白な顔を拭いた。

「ジョージに知らせましょうよ」

「そうだ!」サムは声をあげた。「ハモンドがこの子を襲ったとジョージが知ったら、きっと奴を磔にするだろう。彼は我が子のようにジョーイを愛していますからね」

「知らせるだけよ」と、エスターは言った。

ハモンドにまつわる出来事がレイクビューの町を揺るがせたのはおよそ十五ヵ月前のことである。その約二年前、レイ・ハモンドは妻と一緒にこの町に引っ越してきた。ハモンドは芸術家――画家であり、購入した自宅と、町を疾走する一万二千ドルのスポーツカーから判断するに、裕福なのは明らかだった。また妻サンドラの服装も高価なものに違いなかった。

しかし、サンドラが人々の視線を集めたのは服装のためではない。かつてレイクビューで見られた中でもっとも魅力的な女性だったのである。そのうえ陽気で笑いを絶やさず、性格も善良だった――誰とでも仲良くなれたのだ。

こと話が「よそ者」になると、レイクビューも他の町と同じようなものである。つまり受け入れるのをいったん保留して、新しい町民とすぐに親しくなろうとはしない。しかし、この町で商売を行なう人間は、サンドラ・ハモンドの頼みなら何でも応じようと骨を折らないではいられず、レイは大半のよそ者よりも早くこの町になじむことができた。彼はレイクビューの男たちが関心を抱くことについてよく通じていた。釣りの腕前は一級品。また銃に関しても、それを持って生まれたかのように森の中で銃を扱うことができた。それに押しの強い性格でもない。二年目の秋、ジョージ・クラウダーがハンティングに誘ったところ、レイ・ハモンドは見事にそれをこなしたのだった。

レイ・ハモンドの世界が崩れ去ったのはまさにそのころである。

レイは妻と一緒に隣町のクレイトンへ映画を見に出かけた。その日はもう十二月、先ほどまでの雪嵐はみぞれに変わっており、二人が自宅を出発した時点で道路は凍結していた。二人を乗せたスポーツカーが切り通しに沿って疾走していた――スピードこそ出ていたものの、人目を引くような猛スピードではなかった――ところ、スリップしてガードレールを突き破り、そのまま湖へと転落した。レイは車から脱出したが、サンドラは氷のように冷たい水深四十フィートの湖底に車もろとも沈んでいった。レイは半死半生の状態でエド・スキッドモアによって発見された――暗く冷たい湖水に飛び込み、サンドラを救おうとしたのだ。

悲劇は人を親切にするものであり、町の誰もが恐ろしい悲劇に見舞われたレイを慰めようとした。しかしどれも無駄だった――彼は自分を責め続けた。浴びるように酒を飲み、いつしかサンドラと二人で暮らした家に一人でいることが耐えられなくなった。絵も描けなかった。彼にできたのは忘れようと努力することだけだった。

ほどなく、レイ・ハモンドは酔いつぶれてすぐに喧嘩をするようになった。内なる苦痛があまりに大きくなるとそれが爆発し、どこにいても暴れ始めた。人々は彼のことを気の毒に思っていたので我慢していたが、実のところ、バーの主人は彼がやって来るのを厭うようになり、ポッター夫妻のような親しい友人さえも、彼の車の音が私道から聞こえてこないように祈っていた。

アンクル・ジョージは彼を避けなかった唯一の友人である。妹に似て細身で色が白く、自分も悲劇の中で暮らしており、その輪郭の一部がレイ・ハモンドのそれに似通っていたのだ。

レイ・ハモンド騒動の中、アンクル・ジョージはとどめの瞬間まで断固として踏ん張っていた。そのころにはもう、レイを支える人間は誰一人いなかった――たとえアンクル・ジョージが法廷で彼の弁護をしたとしても。

ある極暑の午後、レイ・ハモンドは湖の北岸にある遊泳場へ出かけた。当然ながら酒に酔っている。

子どもというのはときに残酷で、地元の子どもたちも通りをふらついたり、わけもなく誰かに叫びだすレイの姿を見て漫画の登場人物になぞらえていた。

その日も子どもたちの一団は近くで泳いでいたのだが、トミー・スキッドモア少年が替え歌を作り、レイに聞こえるように歌った。


昔のレイよ、さようなら。

ある日女房を殺しちまった。

どうしてそうなったのか、誰にもわからない。

老いぼれの酔っ払いレイ以外には、レイ以外には。


その歌を耳にしたハモンドは完全に怒り狂った。絶望という酸に化学反応を起こし、筋肉が反射運動を始める。岸辺にあったカヌーのパドルを摑むと立ちあがり、子どもたち——歳は九から十二——のほうへつかつか歩きだした。トミー・スキッドモアは頭蓋骨を割られ、何人かの大人が駆け寄ってこなかったらそのまま殺されていただろう。彼らはレイを地面に引き倒し、怒りわめく彼を押さえつけた。

判決は懲役三年。アンクル・ジョージはできる限りのことをしただけでなく、レイのために仮釈放請求までしてやった。そして十四ヵ月後、決して酒を飲まないこと、いかなる暴力も振るわず、秩序を乱す振る舞いもしないことを条件に仮釈放が認められた。

アンクル・ジョージが郵便物を取りに郵便局へ行ったところ、サム・ウィルソンが姿を見せた。同じ建物に事務所を構えるレッド・イーガン保安官を探しに来たのだ。しかしそのとき、サムは一種の興奮状態にあった。そのため彼の話は要領を得なかった。

「聞いてくれ、ジョージ。おれは助けてやったのに、あいつは恩を仇で返したんだ！」と、サムは声をあげた。「他の子どもを殺す前に捕まえなきゃならん」

まるで熱に浮かされたかのようで、怒りもあらわに何かを伝えようとしていることしかわからない。アンクル・ジョージは彫像のように超然としていたが、出し抜けに愛犬のティミーに小さく合図を送った。するとティミーはジープの座席に飛び乗り、それに続いて長身で白髪のアンクル・ジョージがジープに乗って薬局へと急行した。

そこには病院の救急車が停まっていた。メリット医師は店の入り口でアンクル・ジョージの姿を認めると、すぐに事情を呑み込んだ。そして彼の青い瞳に浮かぶ問いかけにこう答えた。

「脳震盪だ。どれくらいひどいかはレントゲンを撮るまでわからん。岩で頭を殴られたに違いない。ジョージ、どうしてハモンドをあんな風に放っておくんだ。奴は病人だぞ――危険な病人なんだ！」

アンクル・ジョージは石像のように無表情のままジープへと戻っていった。それから後部にまわりライフル銃を手に取ると、弾倉をひらいた。

「ジョージ！」

声の主は妹エスターだった。救急車の後を追って病院に向かおうとしたところ、その光景に出くわしたのだ。ヘクターと病院のインターンの一人が、ぴくりともしないジョーイを乗せた担架を店から引き出すところだった。

「ジョージ、これだけは頭に入れておいて」エスター・トリンブルが言った。

白髪の男は振り向いてそちらを見た。その目はいつもなら温かでユーモアに満ちているのだが、このときばかりは新品の硬貨のように冷たい光を放っていた。

「何を頭に入れる必要がある。あいつがジョーイをこんな目に遭わせたんだぞ」担架のほうを顎で指しながらアンクル・ジョージは言った。

「あの人たち、彼を捕まえて殺すわよ。サム・ウィルソンの目を見てわかったの。それに兄さんの目もね。チャンスなんて与えてくれないわ」

「あいつにはチャンスがあった。なあエスター、お前の子どもが襲われたんだぞ！」

「ジョージ、あなたは前に間違いを犯したわ」しっかりした口調でエスターが言い返す。「すべての事実を摑んでいなかったから。いまだってそうよ」

それを聞いてアンクル・ジョージの頰がぴくりと動いた。

「どんな事実だ」と、静かに聞き返す。

「ジョーイは今朝、ハイウェイに沿って切り通しの合流点の近くを歩いていたの。すると、道路脇の溝に横たわっているハモンドさんの姿を見た。酔っ払ってると思ったそうよ。目を閉じてたから。だからジョーイはポッターさんのところに行って手を貸してほしいと言った。ポッター夫妻はこの町でハモンドさんと一番親しい人だから。奥さんのベスがジョーイに言われた場所へ行ってみると、ハモンドさんはまだそこにいた。でも酔っ払ってはいなかったのよ、ジョージ。完全にしらふだったの。クレイトンに行くため、バック・ソーントンの車をそこで待ってたのよ。兄さんも知ってるでしょうけど、あの人免許を持っていないから」

「それで？」

「それで、自分が酔っ払っているというジョーイの話をベスから聞いたハモンドさんは怒りだした。それは仮釈放の条件に違反することだから。でしょう、ジョージ？　そうなったら刑務所に逆戻りよ」

アンクル・ジョージはうなずいた。

「で、ハモンドさんは激怒してここに来たわけ。わたしたちは夕食を終えたところで、ジョーイはどこかに出かけていた。ハモンドさんはこう言ったのよ。ジョーイがこれ以上自分についての嘘を広めたら――そう、ぶちのめしてやるって。するとヘクターが怒鳴り始め、わたしもあの子は噂なんて広めていないって言ってやったわ。ジョーイが向かったのはハモンドさんのお友だちのところだったし、夕食の席でもそのことを言わなかったんですもの。ジョーイは友だちとして振る舞ったんだって、わたしはハモンドさんに言った。するとハモンドさんはこちらを睨みつけ、ドアを乱暴に閉めて通りを走って行ったわ」

「それだけか」アンクル・ジョージは訊いた。

「ええ、それだけ」

「あいつが森でジョーイを襲わなければな」アンクル・ジョージの口調は冷酷だった。

「そうね、ジョージ。でも兄さんなら知ってるはずだと思ってたけど」

レッド・イーガンは二匹のブラッドハウンドを所有していた。いずれも彼のお気に入りで、警察の仕事で使ったことはない。唯一の例外はダギン家の娘が四十八時間にわたって森で迷子になったときであり、二匹はその少女を見つけ、レッドは大いに面目を施したものだ。

そしていま、彼はハウンドドッグを連れてザブリスキーの製材工場の裏手にいた。サム・ウィルソンとエド・スキッドモアをはじめとするいかめしい表情の十数人もそこにいて、みなライフルかショットガンを手にしている。弾丸を受けたレイ・ハモンドが倒れた場所を、サムがレッド・イーガンに教えていた。茶色のカーペットのように積もった落ち葉に血痕が残っている。ブラッドハウンドが連れて来られ、二匹は勇ましく吠え立てた。

「こいつらなら簡単に追跡できるはずだ」とサムが言う。「出血がひどいだろうからな」

「だといいんだが」レッドが言った。「あと十五分もすれば暗くなる」

「そんなに暗くはならないだろう。今日あたりが満月だ」今度はスキッドモアが口をひらく。「絶対に捕まえてやる!」

そのとき車の音がしたので一行は振り向いた。それはアンクル・ジョージのジープだった。彼は空き地の端に車を停めると、銃を脇に抱えながら一行のほうへ近づいた。その後ろをティミーが静かについて来る。

「何かあったか」サムが訊いた。

「頭部の怪我、内出血を起こしてるかもしれん」アンクル・ジョージの口調はどことなく上の空だった。「怪我の程度はレントゲン次第だ」

「あの野郎!」エド・スキッドモアが声をあげた。「さあ、行こう」

リードにつながれた二匹のブラッドハウンドが前方へ飛び出し、レッド・イーガンの身体を引っ張った。男たちがあとに続き、暗さを増す物陰に目をこらす。ティミーは興奮に息をあえがせていたが、それでもアンクル・ジョージの足元にじっと控えていた。

その小道は事実を雄弁に語っていた。最初、ハモンドは逃げる以外にさしたる目的はなかった。あちこちジグザグに走り回り、なんとかその場を逃れようとしたのだ。ハモンドが転倒し、しばらく休んだとおぼしき場所にさしかかる。あつく積もった落ち葉の所々にかなりの血が残っていた。

「サム、見事に命中したようだな」レッド・イーガンが言った。

「いや、あんなものじゃ足りん！」

日が完全に落ちた。しかし月明かりが森に差し込んでいる。ブラッドハウンドは曲がりくねる小道を一定のペースで進んだ。ハモンドが再び倒れて浅い溝に転げ落ちた場所もあったが、この手負いの男は立ちあがって先へと進んでいた。

アンクル・ジョージは顔をうつむき加減にして眉間に深い皺を寄せながら、一行の最後尾を歩いていた。そのときおかしなことが起きた。許しがなければ決して足元から離れないティミーが、道を逸れて右へと行ったのだ。アンクル・ジョージはクンクンと鳴くその声を聞いてそちらを向き、足元に戻るよう合図したものの、ティミーはさらに二歩前に進み、そこでアンクル・ジョージのほうを振り向いた。

自分が疑問の余地なく信じていることは三つしかないと、アンクル・ジョージは口にしたことがあった。合衆国憲法と権利章典、こよなく愛する森林を作った聖なる創造主の存在、そしてティミーが間違うことはないという事実である。

何かを信じていれば、それに従うものだ。アンクル・ジョージがあとを追うと、ティミーはすぐさまその右側を歩き続けた。アンクル・ジョージは自分がどこにいるかも気にかけず、猟犬のあとに続いた。すると突然、ティミーが向かっている方角の百ヤード先に、周囲から孤立した自分の小屋があることに気づいた。

「餌がほしくて家に戻ろうとしているなら、別の犬を飼ってやるぞ」アンクル・ジョージはつぶやいた。

彼は感づくべきだった――いや、実は感づいていた。そうでなければ愛犬のあとに続いてはいなかっただろう。小屋の前の空き地は月に照らされて昼間のようだった。アンクル・ジョージが空き地を数歩横切ったとき、玄関前の狭いポーチでうつ伏せに倒れている男の姿が目に入った。

そこには意識を失ったレイ・ハモンドが横たわっていた。血の臭いにティミーがうなり声をあげる。アンクル・ジョージがそちらを見ると、男の身体の下に血だまりがあり、シャツの肩を染めていた。鳥の尾のようにねじれているハモンドの右手から判断して、小屋のドアを摑もうとして意識を失ったに違いない。

「よくやった」

アンクル・ジョージがそう言うと、ティミーは満足げに尻尾を振った。

アンクル・ジョージはレイ・ハモンドのそばにひざまずいて脈をとった。鼓動こそしているものの消えそうなほどか弱く、恐ろしいまでに不規則だ。視線をあげるとレッド・イーガンのハウンドドッグがすぐ近くにいて、嬉しそうに吠えた。

するとレッドをはじめとする一団がどっと空き地に押し寄せた。

「ジョージが捕まえたぞ！」サム・ウィルソンが叫んだ。

アンクル・ジョージは銃を脇に抱えたまま立ちあがった。二歩向こうに並んでいる顔はどれも勝ち誇っている。

「出血多量だ」アンクル・ジョージが言った。「君らのうち誰か一人町に戻ってメリット医師のところへ行き、林道を通ってできるだけ早く救急車を回してもらいたい。担架を作ってそれで運ぼう。その間、出血を止める手助けが必要だ」

「正気か？」エド・スキッドモアが声をあげた。「一年前、こいつはあと少しでおれの息子を殺すところだった。今度はジョーイだ。このまま死なせてやれ！　そうすればこの国も、こいつが生きている限り支払う費用を節約できるだろうよ」

「誰か、メリット医師のところに行くんだ」アンクル・ジョージは言った。

しかし、誰も動かない。

銃を小脇に抱えながらステップの二段目に立つ銀髪の男を、月光が明々と照らしている。闇に包まれた小屋を背に、ぴくりとも動かない血まみれの身体のそばに立つその姿は、まるで舞台上の登場人物のようだった。

「わたしはかつて間違いを犯した」アンクル・ジョージが口をひらく。「その間違いのせいで一人の男が電気椅子送りになった。わかるか、どんな間違いを犯したか。その男の内側にあえて入ろうとしなかったんだ。人を理解するにはその内側に入らなければならない――その人物の思考を考える必要があるのさ」

「頭がおかしくなったのか、ジョージ」エド・スキッドモアが同じ言葉を繰り返す。「いったい何を言っているんだ。こいつはあんたのジョーイを殺そうとしたんだぞ」

「こいつが？」アンクル・ジョージの声は穏やかだった。「我々がこの男の捜索を始めてからというもの、わたしはレイ・ハモンドの内側に入ろうと試みた――彼の考え方で考え、どう行動するか推測しようとしたのさ。まあ、なんとか入れたと思う。そして今日の出来事を話すことができるだろう。聞いてもらいたい。それからこの男を助けるつもりだ。言っておくが、もしわたしの話を止めたいなら、わたしより早く正確に銃を撃たねばならんぞ」

「聞こうじゃないか」レッド・イーガンが言った。彼は以前からアンクル・ジョージを知っており、その話に耳を傾けて無駄に終わったことはなかったのだ。

アンクル・ジョージは立ち並ぶ頭のてっぺんを見下ろしながら言った。

「服役中、わたしは一度もアルコールに手を出さなかった」普段と妙に異なる口調だ。「森と屋外を愛する人間だから、監獄は地獄だ。自由さえあればいい。しかし、この世は空虚で無意味だ――妻が死んでからは。まるで歩き方を学ぼうとしている子どものようだ。すべてがしっくりこなくて、規則でがんじがらめ。わたしは一日一日、一瞬一瞬を生きた。些細なことが貴重で、同時に手に入れがたい。好みの煙草を買いにクレイトンに行くのもそうだ。

そこでクレイトンに車で連れて行ってもらおうと、誰かに会う手はずを入念に整える。バック・ソーントンがハイウェイの合流点でわたしを拾ってくれることになった。他にすることがないから予定よりも早くそこに行き、太陽の下、草むらに寝転がって目を閉じる。そうして永遠に失ったものを考えながら、心を疼かせていた。

ジョーイ・トリンブル少年がやって来て、数ヤード離れたところからこちらを見つめているのにも気づかない――何せ寝転がっているわけだから。やがてベス・ポッターが不安げな顔をして現われる。ジョーイ・トリンブルの話を聞いて、わたしが酔っていると思い込んだんだ。

わたしは他の誰もが抱かない感情を抱いている。少年がそんな話を広めたら、他の人間なら怒るだけだろう。しかし、わたしにとっては生きるか死ぬかの問題だ。その話のせいで再び監獄に戻され、耐えがたい二年間を送る羽目になるかもしれない。そう考えたとたん、恐怖で半狂乱になった。そこでトリンブル家に急ぎ、息子がそんな話を広めたらひどい目に遭わせるぞと両親に告げた。

そして話をするあいだじゅう、お前など監獄に戻れと父親がわめきちらしている。次に母親が口をひらく――穏やかな女性で、わたしは一種の同情をそこに見る。少年はわたしの友人のポッター宅に行ったが、その代わりにイーガン保安官の事務所に行くこともできたはずだ。自宅でも一言もそのことを話さなかった。母親曰く、息子はあなたの友人として振る舞ったのではないか、と。わたしの知る限り、ジョーイはいい子だ。ジョージ・クラウダーの甥であり、伯父のことを迫害の被害者として同情している。

そこでわたしは気を落ち着かせるために森へ行き、もう一度考え直す。森にいれば気分が楽になるんだ。すると突然、あの少年が目の前を横切る。わたしの友人として振る舞ったあのいい子だ。わたしに友人として接してくれる人間はそれほど多くない。そこで彼に呼びかける」そのとき、アンクル・ジョージの声がかすかに震えた。「少年はわたしを恐怖の目で見る。かわいそうな少年。ひどい目に遭わせてやると言ったのを恐らく聞いたんだろう。わたしは再び呼びかける――そして少年は走りだした！

全能なる神よ、それが何を意味するかおわかりだろうか。少年はわたしに襲われそうになったと言うだろう。そうなれば、自分は再び刑務所に戻される。わたしは少年を止めようとした――わかってもらいたかったんだ。『ジョーイ！　待ってくれ！』わたしはそう叫ぶ。しかし、少年は恐怖の悲鳴をあげながら全力で走る。

彼を止めなければならない。わかるだろう。はっきりわかってもらう必要があるんだ。そこで止まれと叫びながら少年のあとを追いかける。そしてあと少しで追いつこうというとき、少年が何かにつまずき転んでしまう——わたしは止まることができずその上に倒れ込む。そこにサム・ウィルソンが現われ、叫びながら銃を振る。

いまは逃げることしか考えられない——そこで走る。サム・ウィルソンに肩を撃たれ、その衝撃で地面に倒れる——しかし立ちあがって再び駆けだす。わからないのか——走りに走るんだ。わたしはただ少年に感謝を伝えたかった。しかし、誰もそれを信じない。いいか、誰もだ！」

アンクル・ジョージはしばらく黙り込んでいたが、やがて淡いブルーの瞳をサム・ウィルソンに向けた。

「サム、真相はそうだったんじゃないか。少年がつまずいて転び、ハモンドがその上に倒れ込んだ。そうじゃなかったのか？」

サム・ウィルソンはためらいがちに言った。

「ああ、ジョージ。そうだったかもしれない」そしてゆっくり続ける。「こいつがあの子を傷つけようとして追いかけていると確信するあまり、他の考え方はしなかった」

「レイ・ハモンドの内側に入り、彼の頭で考え、彼の身体で行動してみるんだ。他の方法では無理なんだよ。心に暴行の意思を秘めながら小さなジョーイを追いかけられるわけがない。わたしには恐怖と、何がなんでもこの少年に説明しなければならない必要性だけが感じられるんだ」そう言って足元に横たわる男の身体を見た。

「わたしがジョーイのことをどう思っているか、この男は知っている。本当にあの子を傷つけるつもりなら、助けを求めにここへ来るだろうか」

一瞬の沈黙のあと、レッド・イーガンが口をひらいた。

「サム、急いで町に戻り、メリット医師と救急車を呼んでくれ」そして素朴そのものの顔をジョージに向けた。「包帯にできる布なんかはあるか、ジョージ。この男は助けが必要だ――一刻も早く！」

ジョージ・クラウダーはすすけたパイプの口にマッチの火をかざした。

「独善的な人間――つまりユーモア精神のない人間は自分の偽善の虜となり、それがカクテルソースに一種の特別な風味を加えるんだ」

そう言いながら、ミセス・トゥーミーが経営するレストランのステップに座る少年を見下ろした。ジョーイ・トリンブルは膝を抱え、情けなさに身もだえしている。

「パパは細かいところまで読まなかったはずだよ」

「だろうな」そう答えながら嬉しげな笑みを小さく浮かべる。「ジョーイ、おまえにそれを説明するのは難しい。しかし、合唱団員の女性が教会の助祭と恋愛したのがばれたら、彼女が有名なドンファンと恋愛しているよりも、共同体全員の興味をはるかにかき立てるものさ」

「パパは教会の助祭じゃないよ」

「似たようなものだ。完全に似たようなものだろう」

「それにラトゥールさんは合唱団員じゃないし」

「それは紛れもない事実だ」そこでため息をついたが、顔は嬉しそうなままだ。「ルシール・ラトゥール！　誰が聞いても変な名前だ。合唱団員にこんな名前は不適当だと言っていい。さて、狂詩文の終わりから三つ目――」

「なに、狂詩文って?」

「それはいい――十年間にわたって」

あとはジョーイの父にして地元で薬局を営む義弟のヘクター・トリンブルに委ねざるを得なかった。独善という点において、ヘクターはアンクル・ジョージがこれまで出会った中で一番愚かな人間だった。愚か者でもない限り、ヘクターがその朝法廷で体験したことを体験する人間はいないはずだ。またヘクターのような間抜けなお節介焼きでない限り、自分がここまで馬鹿にされたり、自尊心がかくも残酷に踏みにじられたりするのを許す人間もいないはずだ。

アンクル・ジョージは下唇を噛んで大笑いするのをこらえながら、法廷の奥に座ってミス・ルシール・ラトゥールと、彼女の弁護士を務めるコナウェイを見ていた。コナウェイは州北部に本拠を構えるやり手の男である。濃いマスカラを塗ったミス・ラトゥールの目が、不思議そうにヘクターを見ている。二十年前は人目を引く少女だったに違いない。だが最近では多くの助けを必要としており、それは魅力よりも打算から得られていた。彼女は法廷で勝利を収めつつあった――訴訟など死んでもしたくなかったのだが。コナウェイ氏は一歩進むごとに信じられないというような目でヘクターを見つめ、それから判事を務めるホレイス・パートリッジ老人のほうを向いた。

「判事閣下、これは極めて異例のことです」と、コナウェイが切り出す。「被告は弁護人を拒み、問題となっている署名は自分のものだと明確に認める一方、わたしの依頼人に対する義務を頑なに拒否しているのです。この男性には妻とまだ少年の息子がいます」その声は感情でいくぶん震え気味だった。「わたしには法廷にいる傍聴人が見えます。自らの言語道断な振る舞いを残らず細かに明らかにせよというこの人物の頑なな主張を聞いて、頬を赤らめない人間がいるでしょうか。判事閣下、あなたの私室でなら容易に解決できるでしょう」

ホレイス老人は判事席からヘクターを見下ろして言った。

「さてどう思う、ヘクター？　コナウェイ氏の提案は聞いただろう。問題の署名が自分のものだと認めるなら、それに付け加えることは多くない。残りの話をここで明らかにしても意味はあるまい」

ヘクターは顔を蒼白にさせ、背中をぴんと立てながら判事席を見た。

「署名のことは否定できません、判事閣下。とは言え、わたしの店の敷地を売却するという条項に、そうと知りながら署名したことは否定いたします。ここで提示された他の事実は否定しません。つまり問題の日、二時間にわたってこのご婦人のホテルの部屋にいたことです。またワインのボトルを注文したことも否定しません。シャツの襟に口紅のあとが残っていたことも否定できません。しかし、これらの事実から引き出される一切の関係は否定いたします！　わたしが求めるのは正義だけです、判事閣下——正義だけなんです」

アンクル・ジョージは法廷のやりとりに耳を傾け、妹の無表情な顔と、甥が見せている不安げな表情をときおり目にしながら、これはすべて現実なのだと自分に言い聞かせていた。決して間違いを犯さないヘクター！　一日二十五回も手を洗うヘクター！　誰かの薬に毛が入り込むことを恐れ、ジョーイに犬を飼うのを決して許さないヘクター！　懸命に働いて金を貯め、馬鹿げたことなど一切しないヘクター——そのヘクターがいま、夫婦のミス・ルシール・ラトゥールの罠にかかっている。

まさに極上のエンターテインメントだ！

ミス・ルシール・ラトゥールは大手化粧品会社に所属する旅回りの販売員らしい。ここレイクビューにやって来て、バニシングクリーム、化粧水、ルージュ、そして香水がもたらす神秘の数々を、我らが清らかな町の女性たちに実演してみせたのである。その拠点はヘクター・トリンブルが経営する現代風の薬局だった。

彼女は三日間にわたって店内で実演販売を行なうとともに、婦人団体の集まりにも出向いた。その腕たるや大したもので、ヘクターが商品を大量に購入しようとしているのがすぐさま明らかになった。

そして四日目、その日はミス・ラトゥールがこの町に滞在する最終日だったのだが、ホテルで昼食をとりながらその注文について話し合いましょうという提案があり、ヘクターはホテルに出向いた。それは素晴らしい取引だった。わたしの部屋に昼食を届けさせますわと聞いてヘクターは驚いたが、彼女いわく――実際にそうだったのだが――サンプルが全部そこにあって、包装を解いて見られるようにしてあるからだという。一つ一つご自分の目で確認したほうが手間がかからないでしょう、というわけだ。

ヘクターは商品を大量に発注し、注文書に署名した。するとミス・ラトゥールはお祝いをしましょうと言った。そしてワインのボトルを電話で注文するようヘクターに頼み、ヘクターはそのとおりにした。彼女は注文の数量に喜び、突然ヘクターを抱きしめ激しいキスを浴びせたが、そこに氷の入ったバケツとシャンパンを手にしたベルボーイが現われた。以上がヘクターの語った話であり、そこまではミス・ラトゥールの話とも一致していた。

しかし、ミス・ラトゥールはほんのり顔を赤らめながらさらに先を語った。ワインを注文しようと言ったのはヘクターのほうだというのだ――それが嘘だと誰が証明できるだろう。そのために電話をかけたのではないか。情熱的な愛情行為を先にしたのもヘクターのほう――それが嘘だと誰が証明できる？　ベルボーイは実際にその抱擁を見ており、またヘクターがホテルをあとにするとき、フロント係も彼の襟に残る口紅のあとを目撃している。

そして、ミス・ラトゥールの最後の主張を誰が否定できようか。その主張によると、ヘクターは彼女にのぼせるあまり、店に隣接する敷地を破格の安値で売却する追加契約を書きあげたのだという。そこで化粧品店を営んではどうかというわけだ。いま問題となっているのもその条項だった。

ヘクターは敷地を売るともちかけたことはなく、証拠として提示された文書に署名などしていないと証言した。しかし署名は彼のもの――それはヘクターも否定できなかった。注文書と追加契約書に記された自分の署名の写真をコナウェイ氏から見せられたヘクターは、その二つを見分けることができなかった。そしてコナウェイ氏は追い打ちをかけるかのように、〝r〟の最後の跳ねに至るまで、〝Ｈｅｃｔｏｒ〟と記されたこの二つの筆跡が見事に一致していることを示したのである。

そこで人々は言い合った。この好色漢は捕まった――でもいいことじゃないか。そうに決まってる。どうして何もかもばらすんだ。しかつめらしい外見のなかでみだらな男の心臓が高鳴っていたことを、どうして公にする必要があるのか。格好のネタじゃないか。地元のゴシップにヘクターは好んで、「まあ、火のない所に煙は立たないからな」と言っていたが、まさにそれだろう。

昼の休廷中、アンクル・ジョージはミセス・トゥーミーが経営する食堂のステップに座り、パイプを吹かしながら人間の愚かさの驚異に思いを巡らせた。ジョーイが来たのはそのときである。ジョーイはひどく恥ずかしい思いをしていたのだが、それを見たアンクル・ジョージは顔をしかめた。

「ママが言ってたよ、伯父さんなら何でもできるって」

「おまえの母さんがわたしの助けを必要としている、そういうことか？」

「パパはもう十分ひどい目に遭った、だから手助けが必要だって」

「父さんについての話を母さんは信じていないんだな」

ジョーイはほこりまみれの靴を見て顔をしかめ、こう言った。

「誰かがパパにブルックリン橋を売ろうとしても、パパは頑固だから自分が騙されそうになったことを認めないって、ママは言ってた。でももう十分ひどい目に遭った、そう伯父さんに言いなさいって」

アンクル・ジョージが先の独善やら合唱団員やら助祭やら狂詩文やらの話をしたのはそのときである。

「今日は父さんと一緒に帰って、午後の紅茶をごちそうしてもらうつもりだと母さんに伝えなさい。それから、父さんの弁護士としてわたしを雇うよう説得してくれればそれでいいと。父さんがわたしのことをどう思っているか、おまえも知っているだろう」

「わたしはもうパパに本当のことを言った、ママがそう伯父さんに伝えなさいって。それに、『バーキス（チャールズ・ディケンズ作『デイヴィッド・コパフィールド』の登場人物。主人公の乳母ペゴティに求婚する）は本気だ』って。いったいどういうことなの、ジョージ伯父さん」

「お前の父さんは覚悟を決めたということさ」

レイクビューの庁舎にもうけられた狭い法廷には昼食を終えた野次馬が詰めかけ、アンクル・ジョージが弁護に立つという話でもちきりだった。彼が法廷に現われることは滅多にないものの、そのどれもが極上のエンターテイメントだった。そしてそのアンクル・ジョージが、彼をよく言ったことが一度もないヘクター・トリンブルを弁護するという光景は、豪勢なディナーにデザートが加わるようなものだった。

「まずは正装でないことをお許しください、判事閣下」

午後の開廷後、アンクル・ジョージはそう切り出した。背の高いブーツに革色の乗馬ズボン、くたびれたコーデュロイのハンティング・ジャケットに縞柄のスポーツシャツというでたちは、間違いなく弁護人の服装ではない。しかし、ホレイス・パートリッジ判事はアンクル・ジョージの服装に異議を唱えなかった。アンクル・ジョージの登場は花火が打ち上がることを予感させた。パートリッジ判事はアンクル・ジョージの淡いブルーの瞳をのぞき込むと、すぐに目をそらした。二人は長年にわたる親友であり、判事には厄災とお祭り騒ぎの予感がしたのだ。

「依頼人と相談しましたが、法廷の許可を得て証言の一部を変えたいと思います」

「宣誓したのですぞ!」パートリッジが一喝する。

「しかし、それは弁護人と相談する前の話です。閣下、一例を挙げますと、わたしの依頼人はこの魅力溢れるミス・ラトゥールに対して恋心を抱いたことを否定しました」そこでミス・ラトゥールのほうに会釈したが、その表情は愁いを帯びていた。「さて、ごくわずかでも情熱が残っている男であれば、ミス・ラトゥールを目にして何らかの感情をかき立てられずにはいられません。ゆえに、ミス・ラトゥールに魅力があることはこれ以上否定いたしません。またさらなる議論を避けるため、被告はこの魅力的なご婦人とワインを楽しんだあと、ミス・ラトゥールの感受性につけ込んだことも認めるつもりであります。つまり、被告ヘクター・トリンブルは――この法廷にいる血の通った男性もみなそうだと思いますが――ミス・ラトゥールの魅力にはなはだしく引きつけられたということを、手続きを早めるために認めるのであります」そこで再び礼儀正しく会釈する。「しかし、閣下が指摘なさったとおり、この事件の核心は、大通り沿いにある被告の地所を売却するという追加契約書に記された署名にあります。被告はその署名が自分のものであることを認めたものの、追加契約書だと知って署名したことは否認しました。ここで我々はその証言を変更し、追加契約書の署名が被告人のものであること自体を否認いたします」

「ちょっと待ってくださいよ、クラウダーさん！」ミス・ラトゥールの弁護人、コナウェイ氏が椅子から立ち上がった。「否認しようがしまいが、被告は二つの署名を見分けられなかったんですよ。クラウダー氏が事実を呑み込んでいないといけませんので、追加契約書の署名と注文書の署名が同一であることを我々は絶対的に証明したと、ここで氏に伝えることを提案いたします」

アンクル・ジョージは疑わしげに首を振った。

「確かですか、コナウェイさん。確かに署名は同一なんですね」

「絶対に同一です」

「原告の弁護人がその事実を認めるというのであれば」アンクル・ジョージの口調はかすかに自信なさげだ。

「認めるだけでなく、そう主張します！」コナウェイ氏は寛大な笑みを浮かべて言った。

するとアンクル・ジョージは判事席を向いた。

「判事閣下、これは要するにわたしの案件です。被告人がその追加契約書に署名したはずはないことを理由に、被告に対する提訴を棄却するよう提議いたします」

ホレイス・パートリッジ老人は判事席からアンクル・ジョージを見下ろしていたが、濁った瞳が興味深げに光った。

「クラウダーさん、あなたの依頼人、つまり被告が示した愚かさのせいで、わたしはこの手続きを中止して原告に有利な判決を下すところだったんですぞ。この事件からようやく理性的なことを引き出せるとでも言うのですかな」

「ええ、お約束いたします」アンクル・ジョージは重々しく言った。「しかし、わたしの依頼人についてさらなる欠点を認める必要が生じました」

「ほう?」

「この人物は自ら言うところの『くだらない話』を読みもしなければ、家族がそれを読むことも許しません」その声は愁いを帯びている。「被告人がくだらない話として分類するものの中には、完全なる犯罪小説や探偵小説も含まれます」

判事は目をきらりと光らせながら首を振り、コツコツと音を立てた。

「ゆえに」アンクル・ジョージが続ける。「ミステリーの愛読者であれば誰しもずっと以前から認識している単純な事実を、わたしの依頼人は認識していないのです。閣下、例として初期の作品をここに引用しましょう——E・W・ホーナングの作品です」

「四、五十年前というところだな」ホレイス老人はにやりと笑った。

「そのとおりです、閣下。題名は『犯罪博士』」そう言って笑みを返す。

「ジョン・ダラー博士の探偵ものか」と、ホレイス老人が付け加える。

アンクル・ジョージは大きくうなずいてから言った。

「わたしが言及しようとしている仕掛け、ないしトリックは、偽造文書にまつわる物語を書いた推理作家がみな使ってきたものです——エラリー・クイーンに始まり、もっとも無名な新人作家まで」

そのときコナウェイ氏が立ち上がった。

「判事閣下、閣下と被告人弁護士とのやりとりは書誌学に関する興味深いやりとりですが、フィクションの世界から事実の世界に戻るよう提案いたします。契約書に記された署名は、被告が自分のものと認めている注文書の署名と同一です。被告人の文化的教養、ないしその欠如は、ここでは無関係であり重要でないと思いますが」

するとアンクル・ジョージが意地悪げに言った。

「閣下のお許しを得まして、コナウェイ氏とミス・ラトゥールについて一言申し上げたいと思います。ご自身が明らかになさったとおり、閣下はこの事件の核心をよくご存じのようですから」

「許可する」ホレイス老人の目はさらに輝きを増していた。

「さて、コナウェイさん——それにミス・ラトゥールも」そう言って婦人のほうに小さく会釈する。「今日は実に興味深い一日でした。この法廷でお二人が茶番をなさるのを、感嘆の目で見ていましたよ。こうした些細なゆすりを法廷の外で解決しようと求めない被害者は、あなたがたにとって初めてだったと申し上げましょう。依頼人の愚かな勇ましさ——あるいは勇ましい愚かさと言うべきでしょうが——のせいで、あなたがたは追い詰められたのです、コナウェイさん——それにあなたもです、ミス・ラトゥール。同一の署名という証拠を突きつけられ、わたしの依頼人は法廷の外で解決を図るはずだった——適切な額を払っていわゆる追加契約書を買い戻し、スキャンダルから自分の名誉を守るということです。しかし、わたしの依頼人は思わぬ行動に出た」

「異議あり！」コナウェイ氏は叫んだ。

「却下する。続けなさい、クラウダーさん」ホレイス老人の声は嬉しげだ。

「さて、コナウェイさん――そしてミス・ラトゥール。二つの署名は同一だとあなたは認めた。それゆえあなたに一つ提案しましょう。わたしの依頼人はこの追加契約書の履行に同意している――履行に同意するだけでなく、その敷地を無料でそっくりそのままあなたに譲渡しようというのです――」

「ジョージ！」ヘクター・トリンブルはたまらず立ち上がって叫んだ。

「静かに！」ホレイス老人が小槌で机を叩きながら叱りつける。

「無料でそっくりそのまま」と、アンクル・ジョージが繰り返す。「ただし、コナウェイさんでも、ミス・ラトゥールでも、この法廷の誰かでも、この町の誰かでも、あるいは全国民の誰かでも、同一の署名を二つ記せればの話ですが」

そこでアンクル・ジョージはノートとペンをミス・ラトゥールとコナウェイ氏それぞれに手渡してから、固唾を呑む傍聴人に向かって言った。

「エド・ベリー、君もやってみてくれ」

するとこの町の駅長を務める人物が目を輝かせながら進み出た。

「では、ミス・ロビンソン。あなたもどうぞ」

町の司書が上品ぶって進み出る。

「おまえはどうだ、ジョーイ」

かくして原告とその弁護人を含む五名が黄色のノートにペンをかざしながら座った。

「ではどうぞ」アンクル・ジョージが呼びかける。

それを合図に五人は自分の名前を記しだした。やがて二つ目の署名に移ったが、それは同一のものに違いない。しかめ面が一同の顔に浮かぶ。その効果は絶大だった。

「お続けなさい、ミス・ラトゥールにコナウェイさん」アンクル・ジョージは言った。「この場で無理なら向こう数年かけてもかまいませんよ。その間、あなたがたはわたしの依頼人をゆすろうとした容疑で間違いなく刑務所で暮らしていますからね。どうぞおやりなさい」そこでエド・ベリーとミス・ロビンソンとジョーイのほうを向く。「頑張っても無駄だよ。絶対に不可能なんだ」そしてミス・ラトゥールとコナウェイ氏のほうに向き直る。「ここにいる依頼人ほど愚かな人間などいるはずがないと、あなたがたは考えた。この馬鹿げた恋愛劇が明るみに出るのを防ぐため、こいつなら数千ドルを喜んで払ってその追加契約書を買い戻すだろうと考えたんだ」

コナウェイ氏は夢遊病者のようにノートのほうへ手を伸ばした。ゲームセット、とアンクル・ジョージは判断した。

「おやりなさい、コナウェイさん。しかし言っておくが、絶対に不可能ですよ。まったく同じ二つの署名を記すには、一つ目の署名をなぞるのが唯一の方法です。二つの署名が同一というのは、二人の指紋が同一であるのと同じくらいあり得ないことだ。追加契約書の署名はなぞったもの――つまり注文書の署名とまったく同一のはずです。もし依頼人が」そこで悲しげにヘクター・トリンブルを見やる。「子どものころから読書の習慣を育んでいれば、二つの署名を見せたあなたがたに、自分で試してみろと言ったに違いない」

そこで判事席のほうに視線を戻す。残されたコナウェイ氏は、明らかにそれぞれ異なる署名でいっぱいになったノートをぼんやり見つめている。

アンクル・ジョージは判事に笑みを向け、法廷に広がる笑いに打ち消されるほど低い声で言った。

「ホレイス、この事件は何があっても逃さなかったよ。我が依頼人と美しきルシールが抱き合っている姿は、わたしの寿命を何年も延ばしそうだ」

判事の返事を聞いたのはアンクル・ジョージだけだった。

「探偵小説に感謝だな」

レイクビューの怪物

その日のレイクビューはありふれた八月の土曜日といってよかった――けだるく、蒸し暑く、人気のない土曜日。違いといえば、通りを歩く人々や店の客がいつもの週末より少ないことくらい。およそ三十キロ離れたところで開催されているブリッジハンプトン・フェアの最終日というのがその理由である。

その日はバケットシートと「四段トランスミッション」を装備したぴかぴかのオープンカーの写生大会があり、牛と花と野菜それぞれの品評会で表彰式が行なわれる予定だった。また競馬も催され、様々な出し物やゲームが午後十時過ぎまで盛り沢山に行なわれた。

子どもから大人まで、その日は誰にとってもお祭りなのだ。

しかしその土曜日、フェアに行かなかった子どもがレイクビューの町に一人だけいた。チャーリー・ミルトン。彼は生まれてこのかたフェアに行ったことがなかった。大半の人間はチャーリーのことをもう子どもとは見なしていない。歳は二十二で身長六フィート三インチ、体重二百二十ポンドのがっしりした筋肉質の体つきである。しかし、これは悲劇と言えるだろうが、チャーリー・ミルトンはそれにもかかわらず子どもだった。さほど頭のよくない三歳児程度の知能しかなかったのである。

百万長者のロバート・ミルトンが世界最高の医療体制を整えたにもかかわらず、ハンサムで優しく、陽気で空っぽな息子に対して何もできなかったのは皮肉だった。ありとあらゆる手を尽くしても、息子の知能を向上させることができなかったのだ。

ミルトン一家がレイクビューに来たのは二十年前で、ロバート・ミルトンは町外れに広大な敷地を購入した。そこにコロニアル風の立派な邸宅を建て、そのまわりを見事な芝生と美しい緑陰樹で囲んだ。そこで一家は暮らしていた——父、車椅子に囚われの身となった母、そしてチャーリー。チャーリーの出産時に障害が起こり、そのせいでエレノア・ミルトンは身体が不自由になった。当然ながら召使いもいて、何人もの男性看護師が長年にわたりチャーリーの世話をしてきた。

チャーリーには子どものころ友だちがいなかった。不安に駆られた親たちが我が子を止めたからである。かくしてブリッジハンプトン・フェアが催されていたその土曜日の一年前までは、看護師たちと両親がチャーリーに接する唯一の人たちだった。

最初のころはミルトン邸を囲む十エーカーの敷地に鉄のフェンスが張り巡らされ、チャーリー少年の監獄となっていた。いまはフェンスを楽々と登ることができ、また看護師がいつもついているので、彼が敷地の周囲を散歩するのを止める手段はとられていなかった。その敷地の片隅から、滅多に使われていない草だらけの道が延びている。その道からは森に通じる林道が分岐しているのだが、そこでチャーリーと看守たちは、ジープを運転する長身で銀髪の男と、助手席に座る犬をたびたび目撃しており、十二歳くらいの少年が一緒にいることもよくあった。

ある日チャーリーが眺めていると、三者を乗せたジープがチャーリーのそばで停まった。すると即座に看護師がやって来た。

「こんにちは」銀髪の男が言った。

チャーリーは笑みを返した。この単純な一言でさえチャーリーにはなんの意味もなさないのだが、声の調子は明らかに意味をなした。友好的な口調ときらきら輝く淡いブルーの瞳。少年はにこにこしていた。

チャーリーは恐る恐る犬のほうへ手を伸ばした。

「だめだ、チャーリー」看護師がそう言って止めようとしたが、チャーリーの手を引き戻すより早く、セッター犬は嬉しそうにそれをペロペロ舐めた。

チャーリーはゴロゴロと奇妙な喜びの音を発した。犬と銀髪の男の表情はいささかも変わらない。

「この子は何もわからないんですよ」と、看護師が説明する。「わたしはフランク・ハーグローブ。この子の世話がわたしの仕事です」

「友だちになろうとしていることは理解できるようだ」銀髪の男はブルーの瞳をチャーリーに向けたままそう答えた。その声は洗練されていて、無造作な猟師の服装とは不釣り合いだ。若いころはギリシャ神話の彫像のようにハンサムだったに違いない。だがいまは顔を日焼けさせ、固く結んだ口の両端に深い皺が刻まれている。瞳もカラスの巣が張ったように濁っている。それはユーモア精神と同情心を思い起こさせる顔だった。

「わたしはジョージ・クラウダー」男が自己紹介する。「こちらは甥のジョーイ・トリンブル。この町の大半の人間はわたしのことをアンクル・ジョージと呼んでいるがね。きみもそう呼んでくれてかまわないよ」

「チャーリーのことを知っているんですか」ハーグローブが訊いた。

アンクル・ジョージはうなずいた。

「知っているとも。ジョーイとティミーを交えて話したこともある。それで親交を結ぶべきときが来たと判断したわけさ」

「どうせ理解できませんよ」

「やってみるさ。こんにちはと言い続けてみよう。そうすれば何かは理解できるだろう」

かくしてチャーリー・ミルトンは二十二歳にして初めての友人をもったのである。それからはジョージ・クラウダーとジョーイとティミーが毎日のように路肩に立ち止まってチャーリーと会い、チャーリーは一日もかかさず彼らを待ち続けた。

「この子はここに来たがっているようです」ハーグローブがアンクル・ジョージに言った。「それまではどこに連れて行っても同じだったのに」

ジョーイはチャーリーにプレゼントを持参した――子どもにあげるようなプレゼントだ。色つきのボールとテディベアをチャーリーのところへもっていき、一緒に花を摘んだり、敷地の小さな池で釣りのやり方を教えようとした。ティミーもその大きな子どもとあたりを走り回ったものである。

ある日、ジョーイは彼とプロレスごっこをしようとしたが、出し抜けに悲鳴をあげた。チャーリーの力があまりに強かったのだ。ジョーイが悲鳴をあげた瞬間、チャーリーはどうやらパニックに陥ったらしく、相手の悲鳴が叫び声に変わるまでどんどん強く身体を抱きしめた。

アンクル・ジョージがゆっくり近づき、普通の口調で話しかける。ハーグローブは顔面を蒼白にさせていたが、先端に鉛の入った警棒を尻ポケットから取り出すと、その武器を振りかざしながらチャーリーのほうへ突進した。

しかし、二人のもとにいち早くたどり着いたのはセッター犬のティミーだった。尻尾をぴんと立てながら左右に振り、うなり声をあげる。チャーリーは訳がわからない様子でそちらに目を向け、ジョーイを抱きしめる力を弱めた。

「落ち着くんだぞ、ジョーイ」アンクル・ジョージが言った。「何事もなかったかのように振る舞え」と言いながら、その手はハーグローブの手首をしっかり摑んでいる。

一瞬の間を置き、ティミーが相手を安心させるようにチャーリーの手を舐め、ようやく危険が過ぎ去った。

「いつかこの子が何かに怒り、感情を爆発させるのではないかと、ミルトンさんは恐れているんです。そうなったら何をするかわからない。この警棒を持ち歩いているのはそのためです」

「妙な話だが」アンクル・ジョージが言った。「この犬はコミュニケーションの取り方を知っている。我々が知らないのは残念なことだ」

その夜、ジョージ・クラウダーがティミーと二人きりで暮らしている小屋の戸口に、ロバート・ミルトンが姿を見せた。長身かつ優雅な外見で、背筋をぴんと伸ばしている。そして個人的な悲壮感がその姿を岩のように固く見せていた。

「ハーグローブから今日の午後の出来事を聞きました」自己紹介のあと、ミルトンが言った。「本当はもっと早く来るつもりでしたが、チャーリーに親切にしてくださったことについて、わたしと妻から感謝を申し上げます」

「それはどうも」アンクル・ジョージは答えた。

「あれから恐怖を感じていらっしゃるのでは」

「どうということはありません。二人の子どもがプロレスごっこをした。その種の遊びは手に負えなくなるものです」

ロバート・ミルトンの石のような顔面を、二つの大粒の涙が伝い落ちた。アンクル・ジョージは目をそらし、ティミーのなめらかな頭部を静かになでた。

「これはお伝えすべきでしょうが」と、ミルトンが続ける。「わたしたちは世界最高の医師から言われ続けてきたのです――チャーリーはいつか正気を失うと。狂ってしまうんです。その徴候が現われればすぐに施設へ入れなければならない。そうなれば、家内は生きていられないでしょうが」

「今日の午後のことは心配しないでいただきたい」アンクル・ジョージが言った。「チャーリーは単に自分の力を認識していないんですよ。ティミーがそれを教えてやった、それだけです」

「ティミー?」

「この犬です。人間は言葉など持たないほうがよかったのではと思うことがありますよ。本能と直感によって生きればいいし、それでなんとかなるでしょう」

しかし、ブリッジハンプトン・フェアの最終日となる八月のその土曜日、チャーリー・ミルトンはフランク・ハーグローブ看護師の身体を掴みあげ、ミルトン邸の温室に叩きつけたのだった。ガラスの割れる音を聞いてミルトン氏が現場に駆けつけたものの、何がチャーリーをそうさせたのか、チャーリーはどこへ行ったのかを知るには間に合わなかった。

ミルトンは州警察に通報した。この世でもっとも恐れていたことが起きたのだ。チャーリーは怪物へと姿を変え、捕らえる前に他の誰かが危害を加えられるかは、神のみぞ知るところだった。

ミルトンに発見されたとき、ハーグローブは意識を失っており、彼から話を聞くべく病院へ急行した州警察官になんの供述もできなかった。首に刺さったガラスの破片をすぐさま外科手術で取り除く必要があり、さらに脳震盪の疑いもあった。

チャーリーが看護師相手に問題を起こしたことはこれまで一度もなかった。悲劇の息子がどうしてハーグローブに牙をむいたのか、ロバート・ミルトンはまったく説明に窮した。

チャーリーは森へ行ったという仮説が立てられた。道沿いに歩く姿を目撃した者がいなかったからである。歩けば必ずや気づかれるはずだ。しかし、州警察は容易にたどれる痕跡を見つけられないでいた。

レイクビューにはハンティングのエキスパートが二人いる。一人はレッド・イーガン保安官。もう一人はアンクル・ジョージ・クラウダーだが、噂では張り出した岩の反対側からシマリスに狙いをつけられるという。レッド・イーガンはフェアに出かけており、アンクル・ジョージも甥のジョーイを連れて年に一度のブリッジハンプトン詣でをしていた。

州警察の巡査部長がフェアの本部に電話をかけ、イーガン保安官とアンクル・ジョージの名が拡声器で呼ばれた。州警察はなんとしてもアンクル・ジョージを現場に来させたかった。アンクル・ジョージならチャーリーをなだめられるかもしれないと、ロバート・ミルトンが語っていたからである。その土曜日、チャーリー・ミルトンが夕暮れ前に森の中で発見されるとするなら、それが可能なのはジョージ・クラウダーだけであることを疑う者はいなかった。

一般警報が近隣の町に放送される。チャーリーがどこかに姿を現わし、なんの罪もない無力な市民に襲いかかる恐れがあったからだ。

保安官はジョージ・クラウダーと一緒に育ち、兄弟のように思っていた。その彼がアンクル・ジョージとジョーイを伴ってフェアの会場からレイクビューへ戻ったときには、町全体が一種のヒステリーに囚われていた。男たちはショットガンを手に玄関ポーチに立ち、母親は子どもたちを安全な家の中へ追い立てる。その一方で、州警察のパトカーが通りをパトロールしていた。

アンクル・ジョージとジョーイとレッド・イーガンがコロニアル風の大邸宅に到着したとき、ロバート・ミルトンは絶望の底に沈んでいた。

「医者の警告にもかかわらず、こんなことは起こり得ないとずっと自分に言い聞かせてきた。しかし、気の毒なハーグローブは危険な状態から脱せないかもしれない。それに加えて何が起きるかは、神のみぞ知るです」

「ハーグローブの供述はまだですか」アンクル・ジョージが訊いた。

「ええ。意識が戻っていないので」

「いつも持ち歩いている重りの入った警棒は?」

「発見されたとき手に握っていました」ミルトンが答える。「なんとかポケットから取り出したものの、使う暇がなかったんでしょう。わたしも家内も、誰かがチャーリーを見て撃ってしまうのではないかと恐れています」

「喜んで引き金をひく奴と出会う前に発見できることを祈りましょう」と、イーガンが言った。

続いてアンクル・ジョージが訊いた。

「チャーリーが一人でこの敷地を離れたのは初めてですか」

ミルトンはうなずいた。

「死ぬほど怖がっているに違いないよ」ジョーイが言葉を挟む。

「それに恐怖が危険を生むかもしれない」と保安官。

「あと三十分もすれば暗くなります」ミルトンが言った。「あいつのあとをたどれるとしても、それほど長くは無理だ」

「それができる友人を連れてきていますよ」アンクル・ジョージが答える。「わたしの愛犬、ティミーです。それにチャーリーの友だちでもある」


かつて、疑問の余地なく信じているものが三つあると、アンクル・ジョージは言ったことがある。神、合衆国憲法、そして愛犬ティミー。アンクル・ジョージの行くところ、ティミーはほぼ必ずそれに同行していたが、そうできないこともまれにあった――ブリッジハンプトン・フェアの事務局はティミーを歓迎しなかったのである。そのため自分が戻るまで小屋のポーチのステップで待っているよう、アンクル・ジョージから命じられたのだった。

「そうすれば地獄が凍るまで待ち続けるよ」と、アンクル・ジョージはいつも言っていた。

それゆえ、小屋に戻ったアンクル・ジョージとジョーイは、ティミーがそこにいないのを見てショックを受けた。その名を呼んだが返事はなく、アンクル・ジョージは一マイル以上先まで届くという無音の犬笛を吹いた。ティミーがさほど遠くまで行っていないなら、きっと反応するはずだ。

ジョーイは裏切られた気分だった。しかし、アンクル・ジョージは仮面のように無表情のまま、小屋の周囲の草むらから何かの痕跡を見つけようとした。そして鋭い声でジョーイに呼びかけた。

「おい、ここを見ろ！」

ポーチの端から少し離れたところに乱闘のあとがあった。芝生にティミーの鋭い爪痕が幾条か残っている。大男の靴のあともあった。アンクル・ジョージはひざまずき、草の上にあるしみに触れた。

「血だ」

ジョーイの頬を涙が伝い落ちた。

「チャーリーがティミーに怪我させたんだ！　友だちだから近づくのを許したのに、チャーリーは怪我させたんだ」

しかし、その言葉を口に出すことはできなかった。ティミーを呼ばれた場所へ行かせないようにするには、命を落とすか大怪我をする覚悟が必要なのだ。

「小屋の中から懐中電灯を持ってこい」石のように硬い声だ。「それにライフルも」

懐中電灯で照らすと大きな足跡がくっきり現われた。

「彼はここにやって来た」聞き取れないほどの声でアンクル・ジョージが言った。「ティミーと格闘になり、道のほうへ戻っていった。足跡が少し深くなっていることから判断して、ティミーを運んでいったに違いない。さあ、行くぞ――時間はあとわずかかもしれない」

二人は足跡をたどって広い道路に出ると、そこで立ち止まった。道路の向こうはいつもチャーリーと会う場所だった。

「道路で足跡をたどるのは無理だ」アンクル・ジョージが口にする。「しっかり突き固められているからな。おまえは道路の右側を歩け。わたしは左側を歩く。地面が柔らかくなっているところに足を踏み入れたかもしれない」

アンクル・ジョージは小脇にライフルを抱え、下を向いて大きな足跡を探しながら歩いた。ジョーイは道路の反対側を歩いていたが、突然興奮した様子で大声をあげた。

「ここだよ、ジョージ伯父さん！　ここを登ったんだ！」

二人はすでに半マイルほど歩いていたが、それは森へ通じる林道だった。アンクル・ジョージはすぐさま道路を渡り、少年が立つ場所へ来た。道を登る大きな足跡がはっきり残っている。また、そう時間が経っていないタイヤの跡もあった。

「これだよ！」ジョーイの口調は必死だった。「ここを登っていったんだ！」

アンクル・ジョージは懐中電灯の光を足跡にあてた。

「違う人物だ」と、ためらいがちに口をひらく。「波形の溝が刻まれたゴム底の靴を履いている。我々が探しているのは、かかとに滑り止めのついた革底の靴を履いている人物なんだ」

道の反対側に目を向けると、ミルトン邸の窓明かりが見えた。

「チャーリーがどんな靴を履いていたか確かめてみよう」と、アンクル・ジョージは言った。「無駄な追跡はしたくないからな」

二人は敷地と道路を隔てるフェンスを登り、広大な芝生をミルトン邸へと向けて横切った。道から数ヤードのところに温室がある。ハーグローブがチャーリーに放り投げられ、ガラスを突き破った箇所が見えた。

「ものすごい力だよ」ジョーイが口をひらく。「人を放り投げてあの壁を突き破るなんて」

「巨人のごとき力だな」アンクル・ジョージもうなずいた。

ドアをノックすると疲れ果てた様子のロバート・ミルトンが姿を見せた。玄関先にはパトカーが駐まっており、州警察の誰かが邸内に残っていることを示していた。

「警察はあの子が自分の意志で戻ってくると思っているようです」ミルトンが説明する。

「彼はどんな靴を履いていましたか」アンクル・ジョージが訊いた。

「はて――夏はいつもゴム底の白い革靴を履いています。二足あるので確かめてきましょう」

「お願いします――急いで」

二人が待つあいだ、別の車が私道に入ってきた。イーガン保安官の車だ。

「ティミーは小道を登っていかなかったのか」二人に近づきながらそう問いかける。

「ああ、無理だったんだよ。誰かがあいつに怪我をさせ、連れ去っていった」

「誰か？　チャーリーのことだろう？」

「チャーリーに違いないよ」悲しげな顔のジョーイが口を挟む。「ティミーは他の誰かをあそこまで近づけない――何かされるほど近づけることはないんだ」

そこにミルトンが戻ってきた。

「ゴム底の革靴を履いています。しかし、それが役に立つんですか。どんな靴を履いているかが」

「彼はここから林道を登っていったに違いない」アンクル・ジョージはそう言うと、「オコンネルの土地だ」と保安官に向かって付け加えた。

「行こうじゃないか」レッド・イーガンが言った。

アンクル・ジョージとジョーイを乗せた保安官の車は林道に向かって走りだした。ジョーイは不安げにそわそわしている。

「チャーリーがゴム底の靴を履いているんなら、小屋に来たんじゃない」

「そのようだな」アンクル・ジョージは答えた。「もっと飛ばしてくれ、レッド。手遅れになるのはごめんだ」

「何が手遅れになるって？」

「人の命を救うことだよ」

しかし、車が林道を数百ヤード進んだところで、アンクル・ジョージの願いは叶わないかのように見えた。ヘッドライトが大の字に横たわっている人の姿を捉えたのである。

三人は車を降りてその横にひざまずいた。

「トビー・ジャクソンだ」イーガンが口をひらく。「箱の工場の近くに家族と住んでいる。こいつも捜索隊の一人だったんだろう」

「まだ生きているぞ」アンクル・ジョージが言った。「だが、ひどい怪我だ」

片方の腕がまるで身体の一部でないかのように奇妙に離れ、口もあんぐりあけていた。

「大型のハンマーで殴られたようだな」と、イーガンが口にする。「この傷じゃ、すぐに助けないと命が危ない」

そのとき、大型動物の苦痛とも怒りともつかない遠吠えのような音により、森の静寂が破られた。そして何かを叩く音が聞こえてくる。

「いったいなんだ」イーガンは口の中でつぶやいた。

「それほど遠くはない——あの斜面の向こうだ。確かあそこに空き地があるはずだ」

その音は繰り返された——何かを叩く音と怒れる動物の遠吠え。

三人は斜面の頂上へと急いだ。その間、アンクル・ジョージは懐中電灯を地面に向け続けている。

「ジャクソンはこちらのほうから走ってきた。ときどき左右にふらついている」

「よくぞあそこまでたどり着けたもんだ」イーガンが言った。

斜面の頂上に近づくと、反対側にぼんやりと光が見えた。ライフルを握るレッド・イーガンの両手に力がこもる。

「車のヘッドライトだ。チャーリーが捜索隊を追い詰めたのかもしれない」

「落ち着け、レッド」アンクル・ジョージの口調は鋭かった。

斜面の頂上にたどり着いた一行の目に、下の空き地で繰り広げられている光景が見えた。大型トラックが駐まっており、その隣に防水シートの山らしきものを積んだ小型のピックアップトラックが並んでいる。小型トラックのヘッドライトが点いていて、もう一台のトラックを照らしている。そして舞台上の俳優の如く、チャーリー・ミルトンがスポットライトを浴びていた。

チャーリーは大型トラックの後部扉のそばに立ち、ドアのヒンジを壊そうとしている。チャーリーの口から怒りに満ちたうなり声があがり、三人がその場に凍りつきながら見ていると、拳でドアを殴りだした。音の正体はそれだったのだ。

「チャーリー！」アンクル・ジョージは叫んだ。

するとチャーリーは振り向き、闇の中に凶暴な視線を走らせた。その顔は幽霊のように青白く、片方の頬を血がしたたり落ちている。

その瞬間、必死に助けを求めるくぐもった声が聞こえた。

「チャーリー！」アンクル・ジョージは再び声をあげ、懐中電灯の光をそちらへ向けた。

帽子も被っていない巨大な子どもは、歓喜とも激怒ともつかない叫び声をあげると、三人のほうへ突進した。レッド・イーガンが本能的にライフルを肩に構える。

「下ろせ、レッド」と、アンクル・ジョージが命じた。

そのとき、チャーリーが三人のもとに着いた。彼はアンクル・ジョージを掴むと、大型トラックのほうへ引っ張りだした。何か言おうと恐るべき、それでいて無益な努力をしていたが、チャーリーが発したのは無意味な音だけだった。その顔に涙がこぼれ落ちているのを、レッド・イーガンは見た。

アンクル・ジョージは転ばないよう必死になりながら、半分引きずられ、半分担がれるようにトラックの後部まで連れて行かれた。するとチャーリーはその身体を離し、再びドアを叩きだした。拳は腫れ上がり、血にまみれている。

「チャーリー！」アンクル・ジョージはそう呼びかけると、一歩下がるように身振りで命じた。「彼の手を握っていてくれ、ジョーイ」

アンクル・ジョージに火の中へ飛び込めと言われたら、ジョーイはなんの疑問も持たずにそうするだろう。少年はチャーリーの巨大な手のほうに自分の手を伸ばした。そこでアンクル・ジョージはトラックのほうを向いた。

「中にいるのはわかっている。もう大丈夫だ——我々が落ち着かせたよ。あけてくれ」

「本当か」と、トラックの中から声が聞こえる。

「ああ」

かんぬきの滑る音が聞こえ、ドアが開く。そして、顔を灰色にさせた汗まみれの男が姿を見せた。

「助かった！」男は震える声で言った。「誰も来ないかと思ったよ。この化け物は——」

そこで男は悲鳴をあげた。チャーリーがジョーイの手を振りほどくと、その男へ飛びかかったからである。男は荷台から飛び降り、転げ込むように草むらの中へ逃げていった。

チャーリーはそちらに注意を向けず、奇妙で不安げな音を立てながらトラックの荷台に入った。

「捕まえろ！」アンクル・ジョージは厳しい口調で言った。

レッド・イーガンがトラックに向かって駆けだす。

「チャーリーじゃない！　もう一人のほうだ！」

そのとき、開いたドアからチャーリーが現われた。両腕に何かを抱えている。はじめジョーイと保安官にはそれがなんだかわからなかった――重いネットのようなものにくるまれていたからだ。しかしアンクル・ジョージが荷台に上ると、チャーリーはその物体をアンクル・ジョージの腕に置いた。

そのとき、ネットの中の物体がクンクンと音を立て、それを聞いたジョーイは跳び上がった。

「ティミー！」

「こら、落ち着くんだ」アンクル・ジョージの声は優しかった。「いますぐ出してやる」そう言ってポケットナイフでネットを慎重に切り裂く。やがてティミーの黒い鼻が現われ、舌がアンクル・ジョージの節くれ立った手を舐めた。

突然、トラックの中で犬が吠えた。するとたちまち吠え声の合唱が始まった。

イーガンがもう一人の男を連れて戻ってきた。男の腕は背中にねじり上げられている。

ティミーは身体にからまっていたネットから自由になり、アンクル・ジョージとジョーイのほうへ駆け寄った。それからくるりと向きを変えて後ろ足で立ち、チャーリー・ミルトンの肩に前足を置いてから、チャーリーの顔に残る涙のあとを舐めとった。するとこの巨大な子どもは犬の身体に腕を回し、喉の奥から心を揺さぶる優しい音を出した。

大型トラックの中には十匹以上の犬がいた。トビー・ジャクソンと共犯者たちがレイクビューの町で一仕事するにはうってつけの一日だったわけだ。何しろ大半の住民がフェアに出かけていたのだから。

「動物実験で使われる犬は高値で取引されています――憎らしいことに」その後、アンクル・ジョージがロバート・ミルトンに語った。「全国誌でも警告されているが、自分の身にそんなことが起きるとは誰も考えていない。ジャクソンは前もってこの町を下見し、それから友人たちと大量の犬を捕まえた――どれもこの町の住民が所有している愛犬です。奴らは森の中に大型トラックを駐めておき、ジャクソンが一度に一匹か二匹ずつ犬を捕まえると、トラックの中に閉じ込めた。奴はネットで犬が身動きできないようにした――自由にすらさせなかったんですよ」

「で、チャーリーは――」ミルトンが尋ねる。

「ジャクソンがネットをかぶせられたティミーと一緒に小屋から降りてくるのを、チャーリーは見たに違いない」アンクル・ジョージはそう言うと、自分のくるぶしに白い頭を押しつけているこのセッター犬をなでた。「おそらく自分なりのやり方でハーグローブに説明しようとしたのでしょうが、トラックを追いかけるのをハーグローブが――あの警棒で――止めようとしたので、彼の頭脳が考えつく唯一のことをした。つまりハーグローブを持ち上げて放り投げたんです。

そのときジャクソンはすでに見えなくなっていた。チャーリーは何時間も森の中で二人を探していたはずです。そしてようやく見つけたとき、ジャクソンはティミーをトラックに乗せようとしていた。もう一人はトラックの中にいて無事だったが、ジャクソンはひどく殴られた。しかし、逃げてゆくジャクソンをチャーリーは追いかけなかった――追いかけられていたら今ごろ命はなかったでしょう。チャーリーはただティミーを救いたかっただけなんですよ」

「友人だから」ミルトンの声は震えていた。

「チャーリーには心から感謝します」アンクル・ジョージは言った。「ティミーとわたし――それにジョーイも、息子さんのためならなんでもしますよ。彼は今日、レイクビューでたくさんの友人を作ったようですからね」

我々が殺す番

大半の少年にとって、秋は一年の中でつらい季節である。のんびりできる素晴らしい夏が終わり、朝の八時にはスクールバスがやって来る。学校が終わっても、夕食までわずか三時間。田舎で暮らす少年にとって、屋外で大事な仕事をすべてこなすには、三時間ではまず足りない。

ジョーイ・トリンブルはその例外だった。ジョーイにとって秋は鳥であり、犬であり、そしてアンクル・ジョージのことである。彼は誰よりも森を知り、折れた小枝、落ち葉の山、泥水の流れる小川から物語全体を語ることができ、銃の腕前も間違いなく世界一だった。さらに、アンクル・ジョージの愛犬にして郡一番——あるいは州一番、もしかしたら全国一番——の猟犬ティミーがいる。身の引き締まるような午後の冷気に包まれ、森の中でアンクル・ジョージやティミーと時間を過ごすことは、七年生の担任を務めるミス・ミリントンと毎日顔を合わせる憂鬱さをはるかに上回っていた。

狩猟の解禁まであと数週間に迫ったある日の午後、ジョーイは一つの出来事に遭遇した。それはあまりにも陰惨で、ジョーイは恐怖のあまり声をあげることもできず、もう少しで手遅れになるまで悪夢のように身動きできなかった。

それは自分の目で見た殺人だった——残酷さにおいて恐怖極まりない殺人。自分が目にした光景を信じられなかったほどである。

その日の午後、ジョーイは鳥を探しに森へ入った。その季節になると、何らかの有益な知識をアンクル・ジョージに提供したくなるのだ。その当時、地元に笑いを提供する出来事があった。数週間前、郡の環境保護委員会が若鳥を森に放したのだが、それは町の北端にあるビル・ウィリアムスの繁殖場で育てられたものだった。そしていま、数十羽の鳥が夜食を求めて毎晩ビルの自宅へよちよち歩いて行くのである。森の中で生き延びるつもりはなかったわけだ。しかし何羽もの鳥がいるとなれば、それをアンクル・ジョージとティミーに教えることで、彼らと真のパートナーになれるだろう。

開けた場所から見えるその日の田園風景は華やかに彩られていた——赤と黄色の中に茶色が影を落とし、常緑樹が濃い色のまだら模様をなしている。しかし森の奥は暗く静寂に包まれ、明るい色の落ち葉がときおり松葉のうえに飛ばされてくるくらいだ。ジョーイは鳥の群れがいる木立から入り込んできたのだが、森の中央部にいくつかの池があり、そこにアヒルがいつもいることを知っていた。そうしてヘーガンズ・ポンドと呼ばれる池を見下ろす小さな岩場に近づいていたのだが、そこで正体不明の音を聞いた。

それは何かがどさっと落ちるような奇妙な音だった。ジョーイは立ち止まってじっと耳を澄ませた。そしてあえぎ声のような音に続き、再び何かの落ちる音が聞こえる。続いて動物が苦しんでいるようなむせぶ音が耳に入り、ジョーイの背中に悪寒が走った。

何かの大型動物に違いない、とジョーイは思った。大きな音だったからだ。なんらかの形で罠にかかった大型動物が、必死に逃れようとしている。犬か？　ヤマネコだろうか？　それともまだ食用に耐える果実を求めて、熊が山から下りてきたのか？

ジョーイは音を立てずに崖の端に這っていった。音はその下、池の縁あたりから聞こえるようだ。崖の端にたどり着いたジョーイは、身体を凍らせながら目を見ひらいた。

眼下の池の縁に四人の男がいる。その一人は両手両膝を地面について腹這いになったまま、暗く濁った池の中へと這っていく。他の三人は何やら脅すようにその姿を見ていた。絶望に満ちた声がジョーイのほうへあがる。出所は腹這いになっている男。人間の顔にこれほどの恐怖と怯えが浮かぶのを、ジョーイは見たことがなかった。さらにその顔自体が、血と泥にまみれている。

腹這いになっている男は上半身裸で、白いシャツをズボンの腰のあたりで結んでいる。あらわになった胴は見事なまでに筋肉質で、腰回りは引き締まり、肩に向けて広がっている。ここまで完璧な肉体を見たのは初めてだ。男はいま、水と血を滴らせながら立ち上がろうともがいている。その身体は他の三人を圧倒している。一方の三人はいずれも背が低くがっしりしていて、奇妙なまでに似た身体つきだ。三人ともジョーイに背を向けているので、顔つきまではわからない。みな暗い色のズボンに白いシャツを着ており、空き地の端に三つの黒いコートが丁寧にたたまれている。森に入る服装ではないし、きっと都会の人間なのだろう。

三人のがっしりした男のうち二人はそれまで争っていたらしく、シャツが破れて泥まみれになっている。もう一人は離れたところに立ち、何も汚れていない。革で覆われた警棒を右手に持ち、左の手のひらで優しく、悪意を込めて叩いているのがジョーイの目に入った。

大男のほうはというと、逃げ道を探すかのように左右を必死に見回している。すると突然、よろめきながらも素早く左のほうへ動いた。警棒を手にした男が即座にそのあとを追い、大男の後頭部に死の凶器を叩きつける。見事な肉体が倒れ、大男は身体をねじらせ身もだえしていたが、やがてよろよろと立ち上がった。しかし他の一人に行く手を阻まれ、血まみれの口に野蛮な拳が叩きつけられた。

絶望の嘆きが怒りの咆哮に変わる。大男は立ち上がると、相手のシャツを摑んで顔に強烈な一撃を食らわせた。小さな男はよろめいて倒れそうに見えたが、それでも大男の腹に弱々しくパンチを食らわせた。すると別の男がそれに加勢する。真鍮のナックルが沈みゆく日光を反射した。

大男は地面に倒れ、池のほうへ這いだした。だが水面の端でつまずいてしまい、警棒を持った男が追いついてひどく打ちのめした。巨体が池に一瞬沈み、むせびながら水面に浮上する。

自分たちの生贄が水面から這い出る中、三人のがっしりした男はじっと立っていた。その姿を血まみれの顔が見上げている。

「頼む、命だけは助けてくれ！」

警棒を持った男は左手でそれを軽く叩きながら、大男を見つめた。そして静かな、なんの感情もこもっていない声で言った。

「今度は我々が殺す番だ」

恐怖に取り憑かれていたジョーイだったが、その意味するところは理解できた。三人は大男を殺そうとしている——けれどいますぐじゃない。警棒さえあれば三発か四発も殴ればすぐに殺せるはずだ。

そこでジョーイは動こうとしたが、その力がないことに気づいた。運動神経が麻痺して両脚が氷の塊のようだ。理性でなくむしろ本能が、この場にいるのがわかれば自分も犠牲者になると警告していた。しかし、なんとかして大男を助けられる人間を呼ばなければならない。最寄りのハイウェイまでおよそ一マイル。アンクル・ジョージが暮らしている森の小屋までは優に三マイルあり、途中で山の尾根を越えなければならない。そのうえ、アンクル・ジョージがジープでコールブルックに出かけているこことをジョーイは知っていた。友人の鉄砲職人のところへ新しい銃の相談に行ったのだ。唯一のチャンスは道路へ降り、誰かの車を停めることだ。

大男が再び立ち上がろうとする中、ジョーイは頭を低くして岩場に生える苔を嚙み、悲鳴をこらえた。再び視線を上げると、大男はまたも滅多打ちにされていた。真鍮のナックルがその巨体を無慈悲に襲う。

やがて大男は向きを変え、池のほうへ必死によろめき歩いた。警棒を持った男がそのあとを追うものの、池の端で立ち止まった。その男が足元に目を向け、ぴかぴかに磨かれた自分の茶色いコードバンの革靴を見下ろしているのに、ジョーイは気づいた。それを濡らしたくないのだ。

おそらく、その必要はないと悟ったのだろう。岸から四、五歩離れたところで、男が顔から水中に沈んだからだ。激しく泡立つさざ波が立つものの、今度は浮かび上がってこなかった。もがこうともしない。現場を見下ろす場所にいたジョーイの目に、水面下でぴくりとも動かない白い胴体が見えた。

三人のがっしりした男は無言でそれを見つめている。

ようやく、真鍮のナックルを握る男が池に足を踏み入れた。そして水中に手を伸ばすと大男の髪を摑み、打ちすえられた頭部を引き上げた。そうしてしばらく見つめていたが、やがて手を離す。すると大男は再び水中に沈んだ。ナックルの男がこちらを振り向き、ジョーイは初めてその顔を見た。それは生肉のハンバーガーだった。ジョーイが到着する前、自分自身もひどく殴られたに違いない。大男はその跡を残したわけだ。

「終わったな」と、ナックルの男が言った。

すると、二番目の男が地面に崩れ落ちた。腕の中に顔を埋め、全身を震わせているようだ。警棒を持った男がたたまれたコートのほうへ歩いた。

現実そのものの恐怖が我が身に襲いかかり、ジョーイは身体を震わせた。三人の男は池を離れたあと、小道を登って自分がいる崖のてっぺんに来るはずだ。すると出し抜けに運動神経が戻った——あまりにも突然に。だが必死に引き返そうとしたとたん、小石が音を立てて崖から落ちていった。

ナックルの男が上を向いた。「おい、お前！　止まれ！」

ジョーイは止まらなかった。夏のある日、同じ町の少年数名とここへ泳ぎに来たことがある。だから二十ヤードほど向こう、生い茂るハゼノキの裏手の岩場に小さな洞穴があるのを知っていた。恐怖に囚われた少年にしては明晰な思考だ。必死に追いかけてくる男たちから走って逃れることはできない。だが、連中が崖の上にたどり着くより早く、きっと洞穴に入れるはずだ。都会の人間は自分の追いかけ方を知らないに違いない。

ジョーイは息をあえがせながらハゼノキの茂みをかき分け、狭い岩の裂け目にたどり着いた。奥行きは八フィートもなく、高さは三フィートほど。腹這いに入り込んでそこに横たわり、身体を震わせながら祈った。「神様、どうかお助けください。どうか！」

あえて動くことはできない。外を見ようと身体をひねりさえしなかった。

男たちの声が数ヤードのところに迫る。

「ガキじゃないか——子どもだぞ！」

「止めなきゃならん——おれたちを見たんだからな！」

「ここで分かれよう」警棒を持つ男が冷静に言った。「道路のほうへ向かったはずだ。分かれて追いかけるんだ」

「おい、待てよ！」別の男が言った。「もう動けない！」

「動かなきゃだめだ、フランク」

そして連中は走りだし——洞穴から遠ざかった。

ジョーイは動かなかった。遅かれ早かれ戻ってくるに違いない。男たちはたたんだコートを池の端に置きっぱなしにしていた。少なくとも一人がそれを取りに戻ってくる。

ジョーイはじっと待った。何時間にも感じられる。振り向いて隠れ場所から這い出し、走って助かる誘惑に耐えられそうにない。しかし、確信できないことが一つあった。連中はみんなこの場を離れたのか。それとも一人が残ってはいないか。あるいは、ジョーイを見つけられなかった連中の一人が、詳しく調べようと戻ってくるのではないか。

待たなきゃだめだ。

男たちのうち少なくとも二人が戻ってきたのを聞いて、ジョーイの胸に安堵にも似た感情がわき上がった。

「エド、わざわざ降りなくてもいいだろう」警棒を持つ男の冷静な声。「コートなら買ってやるぞ」

「いったいあいつはどこに行ったんだ」もう一人が言った。

「地元の子どもだ、森を知っている。見逃した小道があるんだ。もう逃げたさ」

「おれたちの身元がわかると思うか」

警棒を持つ男の声は死者のように冷たかった。

「その前に見つければいい……」

ジョーイが危機に瀕していた午後八時ごろ、アンクル・ジョージがコールブルックから戻り、町の中心部に建つ古いコロニアル風の家屋の前でジープを止めた。そこはトリンブル一家が暮らす家屋だった。ティミーをジープの座席に残し、包みを持って玄関に向かう。

ノックをするとヘクター・トリンブルが現われた。

「ジョーイはここに?」と、アンクル・ジョージは訊いた。

「一緒にいたんじゃないのか?」ヘクターの返事はぶっきらぼうだった。

「いや。今日はずっとコールブルックに出かけていたんだ。あいつにプレゼントを持ってきた。銃の本だ」

夫の後ろからエスター・トリンブルが姿を見せた。

「ヘクターに言ったのよ、あの子はジョージと一緒じゃないって。あなたがコールブルックに出かけているのは知っていたから。でも、夕食だというのにまだ戻ってないの。どこでどうしているのか」

ジョーイが一度も破ったことのないルールがある。どこに行っていつ戻るか、ちゃんとエスターに伝えることだ。

アンクル・ジョージは一歩下がって空を見た。星も月も浮かんでいない。明け方までに雨が降るだろう。

「どこに行ったんだ」

「鳥を探しに行ったわ」エスターが答える。「猟が解禁になったらあなたを驚かせたかったのよ」

「馬鹿げた考えだ」ヘクターが口を挟んだ。

するとアンクル・ジョージの目とエスターの目が合った。

「森に出かけたのなら、いま何時かわからないだろう」と、ヘクターが責めるような口調でアンクル・ジョージに言った。

「いま何時かなんて、暗くなれば誰でもわかるわよ」エスターが口を出す。

アンクル・ジョージは深く息を吸ってから言った。

「わたしの小屋に行ったのかもしれない」そこに電話はない。「男の子は午後を森の中で過ごすと、ぐっすり眠り込むものだ。おそらく、わたしがすぐに戻ると思ったんだろう。エスター、あいつがそこにいるなら三十分後には連れて帰る。三十分で戻らなければ、森の中であの子を探しているということだ」

「森の中で迷うわけないわ」エスターが言った。「あなたと同じくらい森を知っているから」

「足でもくじいたのかな」アンクル・ジョージは曖昧に言い残し、その場をあとにした。


洞穴の中は耐えがたいほど寒くなりつつあった。かなりの時間待ったあと、ジョーイは狭いトンネルの中で身体の向きを変えていた。そのためいまは腹這いになり、外に目を向けている。周囲は漆黒とあって何も見えない。少なくとも八時になっているのはわかっていたが、勇気をふるって外に出ることができずにいた。あいつはまだ森の中にいるだろうと、男たちはもう推理しているに違いない。数ヤードしか離れていないところで耳を澄ませていることだってあり得るのだ。

家で何が起きているか、ジョーイには想像がついた。父親は怒り、母親は心配している。アンクル・ジョージと連絡を取る手段があれば、きっとそうしているだろう。やがてアンクル・ジョージとティミーが探しに来る。そう考えるとしばらくは慰められたが、やがて別の恐怖が膨らんでジョーイの胃袋を締めあげた。事故があったとアンクル・ジョージが判断する。そうなれば姿を隠さず森に入るだろう。そしてジョーイの臭いを嗅ぎつけたティミーが、尻尾を振りながらハゼノキをかき分けてくる。アンクル・ジョージは懐中電灯を手にジョーイの名を呼び続ける。三人の男がまだ森にいれば、アンクル・ジョージは罠に飛び込むわけだ。池の中の暴行された身体を誰かに発見される危険など、あいつらは冒さないだろう。

アンクル・ジョージへの不安に突き動かされ、ジョーイはついに外へ出た。歯がカチカチと鳴り、脚も震えている。闇の中、森に精通しているジョーイであっても、音を立てないでいるのは不可能だった。五ないし十ヤード歩いたところで立ち止まり、耳を澄ませる。いつもの森の音しか聞こえない――遠くで鳴くフクロウの声、思いがけずぶつかってしまった鳥の羽音、気まぐれな風にそよぐ松の大木のかすかなきしみ。

ジョーイは自分とアンクル・ジョージの小屋とを隔てる丘の尾根へと向かった。道路に向かうのは危険すぎる。人殺しどもが森の中にいなければ、きっとそこで待ち受けているはずだ。

一歩ずつ進む三マイルは果てしない道のりだった。力と勇気が恐怖に吸い取られてゆく。泣き虫などではないはずなのに、闇の中、じりじり歩きながら声を出さずに泣いていた。ジョーイには光がなくても見分けられる目印がある。尾根が急斜面になるところにあるカバノキの木立、アンクル・ジョージいわくインディアンの古い埋葬場所だという一群の岩、池に注ぎ込み、季節が来るとニジマスでいっぱいになる冷たい小川。

これら馴染みのある目印のおかげで、同じところをぐるぐる回り続けなくて済んだ。いまや地面は登りにさしかかり、もう少し歩くと、日中であれば一マイル向こうにある小屋の屋根を見られる場所にたどり着く。そしてようやく下りになるのを感じ、激しく呼吸しながらその場に腹這いになった。

ここから先は容易に進めるが、弱りつつある力を回復させなければならない。やがて力をふるって立ち上がろうとしたところ、右手の茂みから何かが激しく動き回る音が聞こえた。ああ神よ——見つかってしまったのか。

ジョーイはじっと腹這いになりながら、降り積もる松葉を指で掘った。そのとき、くんくんと鼻を鳴らす音がかすかに聞こえ、冷たく濡れた犬の鼻が親しげに頬に触れた。ティミーだ！

「ティミー！　ティミー！」ジョーイはそうささやくと立ち上がり、両腕で犬を抱きしめた。すると、大喜びしたティミーはざらざらした舌で少年の顔を舐めた。そして身体を離し、茂みの中に飛び込んでゆく。数秒後、ジョーイの目に懐中電灯の明るい光が見えた。ティミーが興奮気味に鋭く鳴き、ジョーイが待つ場所へ戻ってくる。次の瞬間、ジョーイは聞き慣れた声を聞いた。

「ジョーイ、そこにいるのか」

「ジョージ伯父さん！」

突然激しく泣きだした少年の身体を、力強い腕が抱きしめる。肌理《きめ》の粗いツイードのジャケットに顔を埋めると、心落ち着く煙草の臭いに気づいた。

「光を消して、ジョージ伯父さん」むせびながらそれだけ言うのが精いっぱいだった。

「わかった」アンクル・ジョージの声は優しかった。「怪我はないか」

「うん——大丈夫」

「まさか道に迷ったとは思わなかったぞ。おまえはわたしよりもこの森を知っている。いったい何があったんだ」

「み、見たんだ、人が殺されるのを」ジョーイはそう言ったきり、怯えを堪《こら》えることができなかった。

闇の中、銀髪の男は少年をしっかり抱きしめた。

「まずは落ち着くんだ。それから何があったか最初から話してくれ。誰かから隠れていたのか」

ジョーイは大きくうなずいた。

「そうか。であれば静かにするんだ。百ヤード離れていても声が聞こえる」

アンクル・ジョージは手を伸ばし、松葉の上に置いた懐中電灯とショットガンを指で探ると、頭をあげて耳を澄ませた。

アンクル・ジョージはこの子のことをよく知っていた。怯えるなどジョーイらしくもない。暗闇で迷ったからといって怖がることなどあり得ないはずだ。豊かな想像力の持ち主だが、自分の想像で死ぬほど怯えることはない。だが、人が殺されるという一言は、十二歳の少年が真面目に発するには重すぎる言葉だ。明らかなことが一つある。ジョーイはまだ話せない。

「小屋に戻ろう。ホットスープを作ってやるから、それを飲みながら話せばいい」

アンクル・ジョージは懐中電灯と銃を取り上げつつも、少年のすすり泣きの向こうから何かを聞こうとしていた。それから懐中電灯を点けてティミーに光を向ける。セッター犬は一、二ヤード離れたところに座り、口の端から嬉しそうに舌を出していた。その様子に緊張したところは見られない。奇妙なことや脅威が迫っていれば、こんなにリラックスしているはずはない。犬と人間には共通の言語がある。ジョーイが見つかって嬉しいということ以外に、いまのティミーに言うべきことはないのだ。

丘のはるか下、小屋の近くで輝く二つの光をアンクル・ジョージは見た。車だ。息子に何があったのか、エスターが確かめに来たに違いない。

アンクル・ジョージはジョーイと手をつなぎながら丘を下り始めた。その歩調は早く、ジョーイは石だらけの小道でつまずかないよう意識を集中させなければならなかった。そうしていれば落ち着きが戻るはずだ。十五分の間、二人は何も言わずに歩き続けた。するとティミーが喜びの鳴き声を鋭くあげ、嬉しそうに小屋の空き地へ飛び込んでいった。友だちがそこにいるのだ。

「ジョージ?」闇の中からエスターが呼びかけた。

「大丈夫だ」アンクル・ジョージが満足げに答える。

それからエスターはジョーイのそばにひざまずき、しっかり腕に抱きしめた。再び泣き声があがる。

アンクル・ジョージは小屋に入って電気を点けた。発電機を設置しているのだ。本棚と銃が並ぶ天井の低い室内が、突如として明るく暖かくなった。自然石の暖炉の前にひざまずき、朝準備していた薪に火を点ける。次いでキッチンに入り、野菜入りのビーフスープの缶をあけてフライパンに注いでから、それをストーブの火にかけた。キッチンを出ると、エスターとジョーイは居間にいた。少年のうなだれた頭の上から、エスターが兄に心配そうな顔を向けている。

「さて」アンクル・ジョージは静かに口をひらき、暖炉のそばで青い煙草の缶をあけると、太く短いパイプに詰め込んだ。「人が殺されたと言っていたな、ジョーイ」

それを聞いて気が緩んだのか、安全な場所で話せる安心感が涙を止めたかのように思われた。ジョーイは鳥を探しに出かけたこと、何かが落ちる奇妙な音を聞いたこと、崖から池を見下ろしたこと、見事な身体の大男が命乞いをしていたこと、三人のがっしりした男が無慈悲にその大男を打ちのめしたこと、大男が必死に池の中へ逃げようとしたこと、がっしりした男の一人がその髪を摑んで離したこと、小石が音を立てて崖から転がり落ちたこと、血まみれの顔が白い歯を剝き出しにしてこちらを見つめたこと、洞穴に逃げ込んだこと、そして警棒を持った男が「その前に見つければいい」と言ったことを語った。

ジョーイが話し始めたとき、アンクル・ジョージはパイプにマッチの火をかざしていたが、いまやパイプの火は消え、緊張と怒りを露わにしながら噛みしめる歯の間で冷たくなっていた。

「ジョージ！」エスターがささやく。

「その中の誰にも見覚えがないんだな」

「うん、ないよ」

「大男も以前に見たことがない――池に沈んだという男も」

「そう」

「だが、もう一度顔を見ればわかるか」

「正直言ってわからない。こっちを向いたのは一人だけ――僕の顔を見た奴だよ。でも、そいつは血まみれで泥だらけだった。顔をきれいにしても、見分けがつくかどうかはわからない」

「三人のうち二人ははっきり傷が残っている。警棒を持っていた男――そいつは争いにまったく加わらなかったんだな？」

「うん。顔は見ていないけど声を聞いたら……」ジョーイの身体が震えだした。「その前に見つければいい」警棒を持つ男はそう言っていた。そして自分たちのことはわからないとも。「……その前に見つければいい」その冷たく静かな声は忘れられそうにない。

「州警察に行ったほうがいいんじゃない？」エスターがそう問いかける。そしてジョーイを引き寄せると、こうすればこの子を守ってやれるというように頰を押しつけた。

「問題は」と、アンクル・ジョージが自問するかのように口をひらく。「奴らがどれほど賢いかだ。ジョーイの顔を憶えているかもしれないし、違うかもしれない。憶えていれば、ジョーイが現われるのをどこかで待っているだろう。もし違うなら……」そこで言葉を切った。

「違うなら、ジョーイは大丈夫だわ」エスターがその先を引き取った。

二枚の新品の硬貨のごとく、アンクル・ジョージの青い瞳が冷たく光る。

「わたしが奴らの立場にいて、ジョーイの顔をはっきり見ていないなら、花火が打ち上がるのを待つだろう」

「花火ですって?」

「殺人を目撃したと少年が警察に通報する。池から遺体が発見され、その話が確かめられる。するとジョーイ・トリンブルが殺人を目撃したことを、町全体が知ることになる。そうしてジョーイのことが連中にばれる」

「でも、この子はその人たちを見分けられないって言うわ」

「自分を守るためにそう言っているだけかもしれない。奴らの立場にいたら、わたしはそのように考える。そんな危険は冒せない」

「いまごろはもう、ここから百マイルは離れたわ」自分を必死に安心させるようにエスターが言った。

「もう戻ってこないし、姿を見せることもない」

「たぶんな」アンクル・ジョージが答える。「だがわたしとしては、そんなチャンスに賭けるつもりはない。男のうち一人は無傷だ。そいつがこの周辺にとどまり、誰も自分たちの顔を見ていないことを確かめようとするだろう」

「でも、町に知らない人がいたら……きっと人目を引くわ」

「レイクビューの周囲五マイルには、宿やモーテルが十はある。それにいまは秋だから、休暇で人が訪れている。調べればよそ者が五十人はいるだろう。目的の人物を見つけられるのはジョーイだけだ。そいつに気づかれることなく、どうすればそれが可能なのか」

「兄さんが守ってあげればいいじゃない！」

「どうやって？　夜、窓の向こうから撃たれる。道路を渡る途中で車にはねられる。今日明日のことじゃなくても、翌週か翌月にそうなるかもしれない。我々がどれだけ近づいたか次第だ。奴らは待てる――永遠にじゃないかもしれないが、とにかく待てるんだ」

「ジョーイをどこかに連れて行くわ」エスターが言った。

「遅かれ早かれ戻ってくる必要がある」アンクル・ジョージはそう言うと、冷たくなったパイプを暖炉の上に置いた。「きっと方法があるはずだ」


レッド・イーガンはレイクビューの大通りで一種のスポーツ用品店を経営している。店内では銃と釣り道具が販売されていて、銃弾や釣り糸、釣り針、そして埃まみれの鱒毛鉤の並ぶ棚が置かれていた。また店内の中央にはテーブルがあり、屋外用のマットが積まれている。そのうえ棚いっぱいのジャケットやブランケット、手袋、羊毛のシャツ、ジーンズ、そして軍用ズボンも売られている。奥の部屋からは笑い声とともにビリヤード玉のぶつかる音が聞こえ、この店が夜の十時も営業していることを物語っていた。そのレッド・イーガンは店の前に置かれたガラス製の煙草貯蔵箱にもたれかかり、無表情でジョージ・クラウダーの話に耳を傾けている。

レッド・イーガンは年齢不詳の赤毛の男で、カウンターの裏にいるより戸外でより多くの時間を過ごしていることを、その日焼けした皮膚が物語っていた。レッドはジョージ・クラウダーと一緒に育ったが、異なる道を進んだ。ジョージは進学して弁護士になったが、そのキャリアは悲劇によって絶たれた。一方のレッドはなんとか高校に進んで「地元」にとどまり、長きにわたってレイクビューの保安官を務めている。しかし二人は言葉がなくても互いを理解し、信頼し合っており、そこには深い親愛の情があった。

「で、信じてるのか」話し終えたジョージ・クラウダーにレッドが訊いた。

「おまえもジョーイを知っているだろう。信じてやらねば」

「その池に遺体があれば証明できるな」

「たぶん連中が戻ってきて遺体を持ち去っただろう」アンクル・ジョージは言った。「だがレッド、おまえはあの森を知っている。奴らは少年を捕まえることができず、犯行を隠そうとするはずだ。しかし、それは『マガフィーズ・リーダー（二十世紀初頭にアメリカの小学校で最も広く使われた教科書）』と同じくらい一目瞭然だろう。奴らはあの森を知らない」

「どうしてそう思う」

「洞穴に隠れたジョーイを見つけられなかったからさ。わたしなら十分で発見できる。それはおまえも同じだ」

レッドは格子縞のスポーツシャツの胸ポケットから煙草の箱を取り出した。それを一本口にくわえて台所用マッチで火を点けると、そのマッチを親指で炎の中に弾き飛ばした。

「いったい何を待っているんだ」

「太陽が昇るのを待っているのさ」アンクル・ジョージは言った。「レッド、おまえも州警察の警官たちも見張られていると考えなくちゃならん。自由になった少年はすぐ殺人のことを通報すると、犯人どもは考えているはずだ。だからなんの行動も見られなければ、少年は怯えるあまり自分が目にしたことを言えなくて、誰も何も知らないと判断する」

「いまジョーイはどこにいる」

「家だよ。エスターが車でわたしの小屋から連れ帰った。奴らが見張っているといけないので、車の床に身を隠しながら」

「そいつらが見張っていたんなら、あんたの小屋でジョーイの姿を見ただろう」

「いや、それはない」

「どうして」

「ティミーさ。わたしがジョーイを見つけて一緒に丘を下りたとき、近くに誰もいなかった。しかし、あの子が森から出てくるのをハイウェイで待ち受けていたということはあり得る。だからロープに身を包んで、車の床に隠れさせたんだよ」

レッドはうなずいた。彼もティミーは知っている。だからあえて口に出す必要はなかった。

「ビル・ウィリアムスに電話をかけてくれ」アンクル・ジョージは言った。「朝早く森に出かけるが、鳥箱を二つ持っていきたいと伝えるんだ。それから、池で偶然遺体を見つけた振りをする――まだそこにあればだが」

「おれたちで見つけるさ」

しかし、アンクル・ジョージは首を振った。

「わたしは行かない。ジョーイとの関係は誰もが知っているからな。犯人たちもそれを知っているかもしれん。そうすればあとは簡単に推理できる。おまえが『偶然』遺体を見つけるまで、わたしは舞台に登場したくないんだ。それからジョーイのことは何も言わず、州警察に通報する」そこでくすくす笑う。「レッド、我々は魔法のように森を読める。争いの痕跡、都会の男三人、それに奴らがコートを脱ぎ捨てた場所。まるでこの目で見たかのようにわかるんだ」

「おれが大発見をするまで、あんたは何をするんだ」

するると、アンクル・ジョージは表情を引き締めた。

「エスターの家のソファで寝ているよ——何かあったときのために」

午前五時、レッド・イーガンがトラックの荷台に二つの鳥箱を乗せてビル・ウィリアムスの繁殖場をあとにしたとき、あたりはまだ一面の闇だった。森の中には一本の古い林道が通っていて、それをたどればジョーイが人殺しを目撃したという池まで数百ヤードのところに行けることをレッドは知っていた。トラックはまだ目覚めていないレイクビューの大通りを疾走し、レッドの店を過ぎて森へ向かった。

途中、二ヵ所の牧場の納屋に明かりが灯っていた。大通りを勢いよく走るトラックに農場の犬が吠えたてる。やがて東の地平線にかすかな灰色の光が現われた。林道の行き止まりで鳥を放ち、歩いて池へと向かうころには、懐中電灯を使わなくても十分明るいはずだ。

誰にもあとはつけられていない。やがて、ハイウェイ沿いに森が広がり始める。不審な車は駐まっていない。四輪駆動のトラックはようやく林道に入り、穴ぼこだらけの道をバウンドしながらゆっくり進んだ。レッドはヘッドライトを点けた。どのみち気づかれずに目的地へたどり着くのは不可能だ。これ以上先へ進めないところまで来てトラックを停め、鳥箱を下ろして鳥を放つ。それがここへ来た唯一の目的であるかのように、レッドは一連の動作を手際よくこなした。作業を終えるとトラックにもたれ、煙草に火を点ける。鳥のさえずりが藪のほうに遠ざかり、やがて消えた。森は静かだった。

レッド・イーガンは決して臆病者ではないが、うなじをなでられた気がして煙草の煙を深く吸い込んだ。たとえジョージ・クラウダーからのまた聞きであっても、ジョーイ・トリンブルの話はひときわ鮮明だった。あの子がジョージに語った三人のがっしりした男は、決してなめてかかってはいけない。被害者はどう考えても自分を守る十分な力を持っていたが、敵はそれをはるかに上回っていたのだ。

トラックのシートには二連式のショットガンが置いてある。レッド・イーガンはそれに手を伸ばしかけたが、考え直した。羊皮の縁取りがついたジャケットのポケットに手を当て、持参してきた制式拳銃の感触を確かめる。こっちのほうがいいだろう。

深呼吸を一度してから坂を登り、池を見下ろす崖に向かう。そこがジョーイの目撃現場だった。前方に目を向けると、木々の隙間から灰色の光が漏れてきた。レッドは熟練したハンター特有の本能的な静粛さでもって先に進んだ。

崖のてっぺんで立ち止まる。池の真上を巨大な黒い鳥がゆっくり旋回している。レッドはその場に立って水面を見下ろし、徐々に変わりゆく光に焦点を合わせようとした。すると、水面近くに浮かぶ白い衣服の切れ端が目に入った。遺体に付着したシャツの切れ端だろう。そのとき、なぜか自分一人ではないと確信して、周囲に耳をこらした。

「どうしたんだ、怖がりの子どもじゃあるまいし」と自分に言い聞かせる。

崖の斜面を走る小道を素早く下り、池と同じ高さに出る。近づくと、泥にまみれた池の縁がジョーイの話をすぐさま裏づけた。複数の男がそこにいて、暗闇の中で暴れ回り、地面を水浸しにしたのだ。「マガフィーズ・リーダーのように一目瞭然」とアンクル・ジョージは言っていたが、確かに、平らな石の上に赤黒いしみが残っている。

レッドはその場に立ち尽くし、再び耳を澄ませた。

何も聞こえない。それでいながら、見張られているのは確かだった。なんとしてもジョージ・クラウダーを連れてくるべきだった！

水中に足を踏み入れて白い布の切れ端に向かう。中央部の深さが三フィートもないことをレッドは知っていた。布の切れ端が浮いているところは、くるぶしほどの深さしかない。ただ、底が泥とあって足元が滑る。切れ端に手を伸ばそうとしたそのとき、レッドは人の身体につまずいた。水中に両手を入れて死人の巨大な肩の下に差し込む。力を振り絞ってようやく、重い身体を岸に引き上げることができた。

死人の滅多打ちにされた顔面を見下ろした瞬間、レッドは気分が悪くなるような後悔を覚えた。以前、素晴らしい毛並みの牡鹿が動物たちに食い荒らされているのを見たときと同じ感覚だ。どうしたところで、暴力による死の恐怖が蘇るのを止められそうにない。自分一人でこれと向き合うのが忌まわしかった。

確かなことが一つある。レッドはレイクビューの住民全員と、定期的にこの町を訪れる人間の大半を知っている。この男を見かけたことはない。三人と死闘を繰り広げる前はハンサムだったに違いない。それに、この筋骨隆々の肩も決して忘れようがないはずだ。

人の手を借りなければ遺体をトラックまで運べないのはわかっていた。そして、現場一帯が荒らされる前に州警察を呼ばなければならないことも。レッドはひざまずいてズボンのポケットをまさぐった。財布はないが合計百五十ドル以上の紙幣と硬貨が入っている。水に濡れたスラックスは高価で柔らかなフランネル製で、ブルックス・ブラザーズで仕立てられたものだ。茶色のバックスキンの靴も三十ないし四十ドルはするだろう。

レッドは立ち上がって周囲を見回した。昨日の午後は爽やかな天気だったが、これがこの男にとって最後の午後となったわけだ。なんらかの上着を着て森に入ったのは間違いない。三人のがっしりした男のコートがたたまれたまま放置されていたことを、ジョーイは話していた。もう一着あるとは言っていなかったし、いまここにある様子もない。このような男なら、財布はコートの内ポケットに入れるはずだ——運転免許やクレジットカードなど、身元を明らかにする何かが入った財布を。三人の人殺しがコートを持ち去り、どこかに捨てたのか。

もう少し明るくなれば、四人が死との遭遇に向かって進んだ道筋をたどれるだろう。いまは通報しなければならない。

ブーツの中で水が音を立てる。崖のてっぺんに向かう小道をレッドはゆっくり登っていった。右手をポケットに入れ、拳銃を摑みながら。老婆のように迷信深くなったのかもしれないが、見られているのが間違いないような気がする。身の毛のよだつような寒気が皮膚を走った……

大半の住民が朝食を終えたころには、レッド・イーガンの話が——彼が語ったとおりに——レイクビュー全体に広まっていた。州警察のパーディー警部とサム・バクスター郡検事がそうなるように望んだのだ。身元を突き止めるべき遺体があるのだから。

住民の間に広まった話の内容は、レッドが鳥を放しに夜明け前に森へ入ったというものである。そして鳥を放したあと、アヒルがもう姿を現わしているかどうかを確かめようと、ヘーガンズ・ポンドに向かう。池を見下ろす崖のてっぺんから、水面近くに浮かぶ白いシャツの切れ端を目にする。それを調べようとしたところ、遺体を発見した――レッドの見知らぬ人間だ。パーディー警部と州警察官のアーベッチアンがレッドとともに池へと向かい、レッドの提案でアンクル・ジョージも同行した。彼らが一日がかりで森を観察するところ、アンクル・ジョージはわずか十五分でそれが可能だからである。

大衆の話によると、アンクル・ジョージは真面目くさった表情で「森を読んだ」。少なくとも三人の男が被害者と争いを繰り広げた。靴の形から都会の男であることは間違いない。だが実際のところ、アンクル・ジョージはパーディーとサム・バクスターに本当のことを話していた。ジョーイのことは固く秘密にしなければならないということで、彼らの意見は一致した。誰一人ジョーイから直接話を聞こうとトリンブル宅に赴くことなく、その代わりに電話で話をし、質問に答えるよう求めた。かくして地元薬局の十二歳になる跡取り息子が、レッド・イーガンによる残酷で恐ろしい発見と何らかの形で関係していることを示唆するものは何一つなかったのである。

遺体は州警察のバラックに運ばれたが、町の医務官を務めるチャンドラー医師は解剖前に溺死という所見を下した。

「顎の骨折、肋骨の陥没、頭部への一連の打撃によるものと思われる頭蓋骨の骨折。これらの外傷が死因ということもあり得る。だが、肺に水がたまっている。クラウダーさん、ここから読み取れることから判断して、この男は池の中で他の三人から逃げようとし、転び、水中から立ち上がるだけの力が残っていなかった、と言わせてもらおう」

この知らせが慎重に広められていた午前九時過ぎ、被害者の身元を一部明らかにする出来事があった。町外れにある鉱山の跡地で、アイアンワーカーズ・ロッジというモーテルと、それに隣接する一群のキャビンを経営するジェリー・コブという男が、スコットランド製の高価なウールのスポーツジャケットを手に州警察の庁舎へ出頭したのである。彼は遺体を一目見るなり気分が悪くなり、ジャケットをパーディーに手渡した。

「この男だ、間違いない」コブは言った。「ポケットに財布が入っています」

財布は豚革製だった。中身は予想通り。ニューヨーク州発行の運転免許証、氏名はジャック・フロヤードで住所はマンハッタン八十九番街イースト。クレジットカードが二枚に、フロヤードの氏名と住所、そして底に『輸出入業』の文字と電話番号が印刷された名刺数枚。フロヤード氏は自宅を拠点にビジネスを営んでいたようだ。

「身元を明らかにできる人間は簡単に見つかるはずだ」パーディーは言った。「ジェリー、あんたのところに泊まっていたのか。他に何かあったか」

すると、ジェリー・コブはそわそわしだした。

「昨日の午後に来たんです。奥さんと一緒に」

「奥さんだと？　いまもいるのか」

しかし、コブは首を振った。

「二人はキャビンの一つに泊まったんです。それはお似合いのカップルでしたよ。旦那のほうは背が高くて立派な身なりをしている。奥さんのほうは赤毛の美人で、こちらも高価そうな服装をしていました。まあ髪は染めていたんでしょうが、それにしたって見事な仕事です。二日分を前払いしました。町の人間でなければそうしてもらっているんですよ。わたしに気づかれずキャビンを出入りできますからね。ずっと見張っているわけにはいきませんから」

「だが、女房はどこに行ったんだ」

「最後に見たのは昨日の昼食時です」コブが答える。「ハーツのレンタカーでやって来ました。昼食をとりに町へ出たんですが、戻ってきたあとキャビンの外にあるガーデンチェアに座っているのを見ましたよ。午後になったばかりで日差しがきつかった。それで旦那はジャケットを脱いで、チェアの背に掛けていたんです。それが二人を見た最後でした。

日が暮れる少し前、隣のキャビンの客から電話を受けていたところ、そのジャケットがチェアに掛けっぱなしなのが目に入ったんです。そこでキャビンのドアをノックしましたが誰も出ないので、室内に置いておこうとドアを開けてみました。鍵は掛かっていなくて、室内は見事にきれいなものでした。何もなかったんですよ――衣服も何も。財布が入ったまま、そのジャケットを忘れて出てしまったんだと思いましたね。まあ料金は支払い済みなので、行くのは別に構いませんから。財布がないのに気づいて戻ってくると考えました。金はありませんでしたよ。それは誓って言います、警部」

「金はズボンのポケットに入っていたよ」パーディーはそう教えてやった。

そのとき、窓際に立っていたアンクル・ジョージが外に目を向け、トリンブル宅の方向を見下ろした。

「ジェリー、二人を訪ねてきた人間はいたか。誰か会いに来なかったか」

コブは再び首を振った。

「いや、誰も見ていません。しかし、誰も来なかったという意味じゃない――キャビンにまっすぐ行けば話は別です。昨日は満室でわたしもてんてこ舞いでしたから。別に見張っている理由もないですしね」

「二人に電話はかかってきたか」

「いえ、一度も。前の晩に電話でキャビンを予約したんです。わたしの知らない人物だ。ただ一つ……」そこでためらう。「仕事柄、いつも目をつけているものがあります。フロヤード夫妻は裕福だった――高価な身なりをしていたんですよ。奥さんは小さなダイヤのイヤリングをしていたし、留め具にもダイヤモンドがはめ込まれていた。本物のダイヤだ。しかし彼女の結婚指輪――誓って言うが、あれは安物だった」

「結婚してないと思ったのか」パーディーが訊く。

「わたしも首をひねりましたよ」

「それは突き止められるだろう」パーディーはそう言うと、名刺の一枚をアーベッチアンに手渡した。「このニューヨークの電話番号にかけてみてくれ。たぶん女房が出るだろう」

「ユダの山羊か」アンクル・ジョージはそう言ってから、再びジョーイの家のほうを見下ろした。

「どういうことだ」パーディーは鋭い口調で訊いた。

「ユダの山羊。子羊を殺す際に先導役を務める山羊だ。フロヤードが絶対に会いたくない三人の男がここにいた。たまたま自分が車を停めたところにだ。たぶんニューヨークからあとをつけてきたんだろう。コートを脱いでそのガーデンチェアに座っているのを見つけられたに違いない。そして嫌々、おそらく銃を突きつけられながら、三人と同行した。自分のジャケットをあとに残して。いや、ジャケットと自分の女をあとに残してだ。彼氏が連れ去られるのを見た女のほうは、助けを求めに駆け込んだか。そうはしていない。荷物をまとめてレンタカーで行ってしまった」

「そうじゃないだろう」パーディーが異論を唱える。「彼女も連れ去ったのかもしれないぞ」

「そして荷造りを待っていたと？　奴らがあれほど注意深ければ、きっとジャケットも持ち去ったはずじゃないか」

「たぶん急いでいなかったのさ。彼女も森の中で見つけられるだろう」

「それに一ヵ月分の給料を賭けるなよ」首を振りながらアンクル・ジョージは言った。

　そのときアーベッチアンが部屋に戻ってきて、名刺をパーディーの机に置いた。

「交換台につながりました。高級マンションですよ。ただ、フロヤードの部屋につないでも出ませんでした。それと警部、あの男は独身です。妻はいません」

「あの女は本当に美人だった」ジェリー・コブが口を挟む。「男はラッキーですよ」

「彼女のような女に引っかかるほど、きみが不運じゃないことを祈るよ」と、アンクル・ジョージは言った。

　大通り沿い、州警察の庁舎から五十ヤードも離れていないところにラッキー・テイバーズ・ランチ・ワゴンという軽食堂がある。アンクル・ジョージとレッド・イーガンはコーヒーを飲みにそこへ行った。パーディーがニューヨーク警察経由で、貿易業者ジャック・フロヤードの詳細な情報をさらに入手するまでしばらくかかるだろう。同時にパーディーはニューヨークにあるハーツ・レンタカーの各店舗も調べていた。フロヤードがその一つでレンタカーを借りたなら、女が車を戻しにきた可能性もある。そこに彼女へとつながるチャンスがあるわけだ。

森の中に誰かがいて自分を見張っていたという確信を、レッド・イーガンはパーディーに強調した。

「誰かが見張っている気がしたんだが、何も見えなかった」

パーディーはそれを神経質のせいにしたようだが、アンクル・ジョージは違った。

「冗談はよせ、レッド」ラッキー・テイバーズのブラックコーヒーをすすりながらアンクル・ジョージは言った。「おまえにそんな神経はないだろう」

「誰かがいたんだ」コーンマフィンにバターを塗りながらレッドが反論する。「確かにそうだと言っても、パーディーは信用しないだろうが」

「わたしは信じるよ。三十五年も一緒にハンティングをしてきたんだ。わたしは信じる」

「あえて見には行かなかった。現場に向かい、ジョーイを巻き込まない形で、遺体のことを伝えるのが重要だと思っていたからな。しかし、連中は森のあちらこちらに自分たちの痕跡を残していた。まずわたしと同じ林道を使った。車を停めた草むらにオイルが漏れていたんだ。それにその場所と池とを行き来する足跡。大きさから見て女のものじゃない。しかし間違いなく、奴らの一人が今朝そこにいた。そう感じるんだ」

アンクル・ジョージは防水布の袋から煙草を取り出しパイプに詰めた。淡いブルーの瞳の間に深い皺を寄せている。

「奴らの問題はジョーイだ。一人があの子をはっきり見ている。ジョーイがいつからそこにいたかはわからないし、奴らの特徴を言えるほどはっきり見ていないことも知らない。少なくとも二人は激しく争い、その傷跡が残っている。姿を見せることはないだろう。しかし三人目――警棒を持っていた男――はおそらくなんの傷も受けていないが、ジョーイの姿は見ていない。まあ、逃げる足元くらいは見ただろうが。わたしが考えるに、姿を見られてもいいそいつが、森の中で待ち受ける。少年が自分の見たことを警察に伝えて現場に案内するだろうと、そいつは考えているはずだ。森に隠れている男は、そこでジョーイの顔をはっきり見る。それから町をうろつき、ジョーイを見つけて黙らせる。そう考えてひたすら待つが、警察もジョーイも現われることはない」

「待ちくたびれてへとへとだったろうよ」レッドが言った。

「それからおまえが鳥と一緒にやって来る。遺体を見つけたのはまったくの偶然のようだ。そこで奴は、二つのうちどちらかを考えたに違いない。少年は怯えるあまり自分が目にしたことを誰にも言っておらず、おまえが遺体を発見したのも単なる偶然だと考えるのが一つ。もう一つは、そいつが真実を推理し、我々が少年の存在を隠し、少年が本当は事実を話したのに、何も話していないと自分たちに思い込ませようとしている、と考えるかだ。どちらにせよ、ジョーイは奴らの生死を握っている。目撃者さえいなければ、まんまと逃げられるからな」

「なら、もう逃げたさ。奴らはとにかくここを離れなければならないし、我々は一つも手がかりを得ていない。奴らを見たというなら話は別だが、ジョーイがどんな危害を加えられるというんだ。奴らはここを出た。なんとしてもレイクビューから離れなければならないというときに、ここらをうろついているのはなぜなんだ」

アンクル・ジョージはマッチの火をパイプにかざし、コーヒーのお代わりをもらおうと空のカップをカウンターの向こう側へ押した。

「おまえが森の中で誰かに見られていたと聞いてから、ずっとそのことを考えてきた。奴らは逃げた。どうしてうろつく。その答えは一つだ、レッド。顔を見られていなくても、ジョーイが自分たちのうち一人以上の身元を明らかにできるかもしれないからだ」

「どうやって」

「大げさかもしれないが、そいつが映画俳優か有名なテレビスターだったとしよう。今日明日じゅうにも、ジョーイが映画館に行ったりテレビを見たりして、その男をスクリーンか画面の中で突然目にする。そうなれば、ジョーイは奴らにとって危険な存在のままだ」

「しかし、そのうち一人を以前に見たことがあるなら、すでにそう言っているだろう」

「あの子がなんと言ったか、奴らは知らない」と、アンクル・ジョージが釘を刺す。「あの子がなんと言ったか知らないし、見覚えがあるほどの存在じゃないかもしれない。だが、ジョーイがどこかで写真を見て、それで気づく危険はきっとある。奴らがここから逃げないのはそれが唯一の理由だ。もっと説明したほうがいいか」

「いや」レッドは答えた。「あの子はしっかり見守る必要があるな、ジョージ」

「ああ」アンクル・ジョージはそう言うと、煙草の葉を人差し指でパイプに押し込んだ。

軽食堂の扉がひらき、見知らぬ人間が入ってきた。中肉中背でベルトつきのトレンチコートをまとっており、羽根つきのフェルト帽を粋に被っている。男は店内を見回すと、アンクル・ジョージとレッド・イーガンが腰掛けているところにやって来た。その笑顔は妙に陽気だった。

「イーガンさんですね」とレッドに声をかける。「こちらはクラウダーさんですね」二人とも面識はないように見えた。「わたしはチャールズ・ヒューゴです」穏やかな口調でそう言うと、レッドに手を差し出した。

レッドとアンクル・ジョージはその男と握手を交わした。

「大して有名じゃありませんが」と、チャールズ・ヒューゴが続ける。「『トゥデイ』という雑誌にコラムを書いていましてね。自惚れているように聞こえるかもしれませんが、わたしの名前をご存じかもしれない」

そう言うとポケットから財布を取り出し、記者証と運転免許証を引き抜いた。

「偶然事件にぶつかったようでしてね――ここで起きた殺人事件です。雑誌の編集部に電話を掛けたところ、取材を任されたというわけです。イーガンさん、あなたが遺体を発見したことは知っていますし、クラウダーさんが捜査に関係していることも承知しています。あなたは落ち葉の山から歴史を読み取れるということでしたが」

「それほどでもないよ」と、アンクル・ジョージは目を伏せながら答えた。

「被害者の手がかりはまだゼロですか」

「名前はわかっている」レッドが答える。「ジャック・フロヤード。ニューヨークに住んでいる。八十九番街イーストのマンションだ。貿易業を営んでいる」

「素早い仕事ぶりですね」そう言いながら小型のメモ帳を取り出し、氏名と住所を書きつける。

「財布の中から見つけたのさ」

するとヒューゴは顔をあげ、黒い目を細めた。

「身元を明かすものはなかったはずですが」

「それについてはパーディー警部から話を聞いてくれ」

「そうか、もう秘密じゃないわけか」アンクル・ジョージが言った。「ジェリー・コブが町中に言いふらすだろう。フロヤードはアイアンワーカーズ・ロッジというモーテルに女と泊まっていたが、妻と申告していた。ところが彼は未婚でね。彼はジャケットを残していたんだが、ポケットに財布が入っていた――中身は運転免許証、クレジットカード、そして名刺。シャーロック・ホームズじゃなくても、我々が突き止めたことは見つけられるよ」

「小さな町では秘密を守るのも簡単ではないようですね」ヒューゴが言った。「当地の週刊誌の編集者と話をしたところなんですよ。森の中で何があったかについて、あなたはとてもよくご存じだと編集者は言っていましたよ、クラウダーさん。殺しには三人の男が関係しているんですってね」

「連中はあらゆる痕跡を残したが、名前だけは残していない」相変わらず目を伏せたまま、アンクル・ジョージは答えた。

「都会の人間だとおっしゃったそうですが」

「都会の靴だ。田舎の人間は森の中であんな靴を履かない」

ヒューゴはためらってから、陽気な笑みをレッド・イーガンに向けた。

「遺体を発見したのはまったくの偶然だったのですね。つまり、保安官が発見するなんて本当に偶然なのか、ということですが」

レッドは煙草をくわえながらアンクル・ジョージをちらりと見て、こう言った。

「遺体は冬が終わるまでずっとあそこにあったかもしれない。少なくともアヒル猟のシーズンが始まるまで。わたしはクラブのためにキジを放しに森へ入った。それから、アヒルが飛来を始めたかどうか、池に行って確かめようと思ったんだ。そこで水面に浮かぶシャツの切れ端を見つけた。それだけのことさ」

「次はどうなさいます」ヒューゴが尋ねる。「都会の男三人は誰にも目撃されていないようですが、どうやって突き止めるおつもりですか」

アンクル・ジョージは顔をあげ、初めてヒューゴに視線を向けた。

「まだ始まったばかりだからな、わからんよ。森の中で読み取れるものを読み取る。隣接する町や郡に警報を送る。おそらくガソリンを補給するか、コーヒーを飲むか、酒を飲むかするために立ち止まったはずだ。それなら気づかれるに違いない」

「どのように」ヒューゴの声が鋭くなる。

「森の中で激しい争いが行なわれた。その傷跡がしっかり残っている。フロヤードは見事な肉体をもつ大男だ。簡単には死ななかった」

「しかし、手がかりはまだないんでしょう」ヒューゴはあくまでこだわった。

「一つもない」アンクル・ジョージが答える。

ヒューゴはメモ帳をポケットにしまいながら続けた。

「お話しくださってありがとうございます。この事件が面白そうであれば、一日か二日レイクビュー・インに滞在するつもりです。記事にできる新発見があれば、どうかご連絡ください」

「わかった、そうしよう」アンクル・ジョージが答えた。

チャールズ・ヒューゴは山高帽を目深に被り直すと、二人に明るい笑みを向けてから店をあとにした。

「普段はおとなしいのに、今日はずいぶん話したな」レッド・イーガンが言った。

「通りを渡って新聞店に行こう……」


朝とあって郵便局の隣にある新聞店は客の出入りが多く、アンクル・ジョージとレッド・イーガンは「内部情報」を求める町民に囲まれた。するとアンクル・ジョージは突然口をつぐみ、レッドに返事を任せると、客をかき分け店内に入った。そして雑誌コーナーで『トゥデイ』誌を手に取り、中身をぺらぺらめくりだした。あるページで手が止まる。その目は冷たく光っていた。雑誌の中ほどに二つのコラムがあり、その一つは「国内外のニュースの裏側」というタイトルである。コラムの筆者はチャールズ・ヒューゴで、右上の隅に小粋なヒューゴ氏のパスポート用らしき写真が載っていた。

アンクル・ジョージは雑誌を閉じるとさらに二冊合わせて購入し、歩道で待つレッド・イーガンのもとへ戻った。

「あとでおまえの店に行く」

そう言って、友人や隣人のことはレッド・イーガンに任せて立ち去った。

レッドが再びアンクル・ジョージのもとに戻ると、彼は葉巻コーナーに立ちながらヒューゴ氏のコラムのページをひらいていた。それからレッドに雑誌を渡す。レッドはそれを一目見ると、アンクル・ジョージの冷たく青い瞳に目を向けた。

「水晶玉が働いたようだな、ジョージ」

「単なる偶然かもしれない」アンクル・ジョージはそう言うと、角張った顎の裏側を手の甲でこすった。「訓練されていない少年の観察力について、面白い話がある。重要な物事は見逃すが、一見そうでないことがとげのように心に残るんだ。わたしはジョーイにいくつも質問した——違う質問を何度も何度も。そうすることで、あいつが見逃した三人の男の特徴を少しでも引き出そうとしたんだよ。あいつの話はまったく変わらず、一つのことを何回も繰り返した。警棒を持った男はぴかぴかに磨かれたコードバンの靴を履いていた。フロヤードが池の中によろめいたとき、この男は岸に立ち止まって、濡らしたくないといわんばかりに靴を見下ろした」

「それで？」

「いまこの瞬間、コードバンの靴を履いている男はアメリカ全国で五百万人はいるだろう。それらはみなきれいに磨かれている。また、これも偶然かもしれないが、チャールズ・ヒューゴ氏も今朝、ぴかぴかに磨かれたコードバンの靴を履いていた」

レッドは口笛を吹いた。

「あそこで床を見ていたのはそのためだったのか！　捕まえたも同然だな、ジョージ。ジョーイが写真の顔に見覚えがあれば、それで解決かもしれん。あの子に会いに行こう」

「だめだ！」アンクル・ジョージは言った。「ヒューゴは町中をうろついている。犯人に関する推理が正しければ、そいつは我々を見張っているはずだ。我々の一人がエスターの家に行こうものなら、ジョーイの居場所を今日明日にも突き止めて、我々はそいつが知りたいこと——その子は誰か——を教えてしまうことになる」

「だが、ジョーイが写真の顔を憶えていれば、ヒューゴを逮捕できるんだぞ」

「憶えていなかったら?」

そこでアンクル・ジョージはカウンターの電話に手を伸ばし、妹の家にかけた。エスターは電話機に張りついていたに違いない。

「そっちは静かなのか」アンクル・ジョージが訊く。

「まあ、町中が興奮に包まれているとき、十二歳の男の子を家に閉じ込めておくのが『静か』と言えるならね」

それにもかかわらず、アンクル・ジョージは真面目な口調で言った。

「あの子に言ってくれ。男の一人を町で突き止めたと。それであの子もおとなしくなるはずだ。エスター、おまえにしてもらいたいことがある。こっそり家を抜け出して新聞店に行くんだ。そこで新聞と雑誌を何冊か買ってくれ。その一つは『トゥデイ』。それを持ち帰って六十八ページをひらいてほしい。わかったか」

「ええ」

「そこにチャールズ・ヒューゴという人物が書いたコラムがあって、そいつの顔写真が載っている。それをジョーイに見せて見覚えがあるかどうか訊くんだ。その答えを聞いたら、レッド・イーガンの店にすぐ電話をかけてくれ」

「すぐにね、ジョージ」

エスターが何一つ訊き返さなかったことは、兄と妹の関係を物語っていた。

アンクル・ジョージは受話器を置くと、雑誌の編集人欄に目を向けた。

「狩猟の時期、ジャック・エリオットという男がここを訪れたことを憶えているか。そいつは『トゥデイ』誌の編集人だった」そう言って編集人欄を指さす。「いまもだ」それから交換台を呼び出してニューヨークにある『トゥデイ』誌の編集部につなげさせ、ジャック・エリオットと直接話した。

「よう、ジョージ。調子はどうだ」エリオットの大声が受話器の向こうで轟く。「聞いたんだが、そちらで何かあったようだな」

「どうしてそれを」

「優秀な記者の一人、チャールズ・ヒューゴがそちらに行っている。そいつから電話で聞いたんだ。あんたに会おうとしているそうだ」

「もう会ったよ。きみに電話したのもそれが理由だ」

「チャーリーは有能な男でね。派手な見た目はあんたの気に入らんだろうが、堅実なカメラマンで優秀な記者だ」

「どうしてそいつがここに来たんだ」

するとエリオットはくすくす笑った。

「わたしが勧めたのさ。いまコラムとは別に、国際犯罪に関する特別連載を担当していてね。二、三日執筆に集中したいから静かな場所を知らないかと訊かれたんだ。そこでレイクビューを勧めた。鳥のシーズンは別として、あんたのおかげで普段は静かだからな」

「ジャック、そいつのことについて何を知っている」

「チャーリーのことか？　いったいどういうことだ、何を知っているとは」

「結婚しているかとか、家族はいるかとかだ」

「結婚はしていない。そんな暇などないんだろう。一九四一年から終戦まで、我々の前線特派員を務めていたからな。それから朝鮮、次いでベルリン。奴の行くところ、記事のネタがあるようだ。それがどうした。あんたの機嫌を損ねたのかね」

「いや、そんなことはない。まあ、虫の知らせというやつさ。家族はいないのか」

エリオットは当惑した様子で答えた。

「結婚していないと言っただろう、ジョージ。結婚歴はない。ここニューヨークに兄弟が二人住んでいる」

アンクル・ジョージは拳が白くなるほど受話器を強く握っていた。

「兄弟が二人？」その声は冷たく硬かった。

「ああ。名前はフランクとエド。ダイヤモンドの卸売業者だ。社名はヒューゴ・ブラザーズ。どうしてそんなことを訊く？」

「どこかで知り合った記憶があったんだ」ジョージは平坦な声で言った。「まあ、間違いだろう。さて、彼の役に立つことがあんたのためになるのなら、喜んでそうするよ、ジャック。ここで犠牲者が出たことを知っているか。名前はジャック・フロヤード。貿易業者。八十九番街イーストに住んでいる」

「聞いたことないな」

「フロヤードについて記者の誰かに追ってもらえれば助かるんだが。ビジネスのつながりでも、交友関係でも、警察の記録でも」

「お安いご用だ、ジョージ。午後にもう一度電話をかけてくれ――四時か四時半ごろがいい」

「わかった。きみのところのチャーリー・ヒューゴも赤絨毯のもてなしをしてやるよ。あと三週間もすれば鳥が飛ぶようになるだろう」

「なんとしても行くさ」最後にエリオットは言った。「それじゃああとで」

アンクル・ジョージは受話器をゆっくり置いた。

「兄弟が二人いるって？」レッドが訊いた。

アンクル・ジョージはうなずいた。

「エドとフランク。ジョーイによると、警棒を持つ男が二人をそう呼んでいた」

「間違いないな、ジョージ」

「そうかもしれん」

そのとき電話が鳴ったので、アンクル・ジョージは受話器をとった。ジョーイの小声が受話器から聞こえる。

「写真は見たよ、ジョージ伯父さん」

「見覚えはあるか」

「顔だけだから――み、見たことはないと思う」

「間違いないか」

「うん」

「ジョーイ、その男がいま町にいるんだ。だがおまえの顔をそいつに見られたくはない。だから見られそうになったら急いで隠れろ。わかったな」

「うん、わかった」

「わたしが連絡するまで家にいること。夜になったらそちらへ行くから、そのとき全部話してやる」

「次はどうする」受話器を置いたアンクル・ジョージにレッドが訊いた。
「ヒューゴ兄弟のことを調べる方法を考える」
「どうしてエリオットにそうしてもらうよう言わなかったんだ」
「わたしの質問を残らず忘れてもらいたかったからさ。チャールズ・ヒューゴは彼と連絡を取る。老いぼれのジョージ・クラウダーにいったい何をしたと問い詰めるジャックの声が聞こえるようだよ。犯人をずっと警戒させ続けていればそれで十分だ。レッド、動く前にまず証拠を手に入れる必要がある。虫が知らせるだけじゃだめだ」

アンクル・ジョージはマンハッタンで地方検事補を務める別の友人に電話をかけた。チャールズ、フランク、エドのヒューゴ兄弟の身上調査書を求めるとともに、誰かが何らかの口実を使って——できれば直接——フランクとエドに会ってくれるよう頼んだのである。二人のうちどちらかはナックルを使っていた人物であり、池の縁で行なわれた死闘の傷跡が残っているはずだ。

それからティミーが辛抱強く待っているジープに乗り、森の小屋へと向かった。前日の朝から服を着替えていない。ひげを剃ってシャワーを浴び、一眠りしなくては。午後、あるいは夕方には、ジャック・エリオットと地方検事局の友人のもとから、パーディーと自分に報告がもたらされるだろう。

正午ごろ、町外れに向かっていたアンクル・ジョージはレイクビュー小学校にさしかかったところで急ブレーキをかけ、そのせいでティミーが床に転げ落ちた。

通りを隔てた学校の反対側に車が一台停まっており、昼休みになって突如外へなだれ込んでくる子どもたちを、運転席に座る男が興味深く眺めている。それはチャールズ・ヒューゴ氏で、山高帽を目深に被っていた。アンクル・ジョージはハンドルを右に切るとヒューゴの車の横に停め、はしゃぎまわる子どもたちの姿をこの新聞記者が見られないようにした。

「やあ」アンクル・ジョージが声をかける。

するとヒューゴの陽気な顔に浮かんでいた迷惑そうな鋭い目つきが、たちまちもとに戻った。

「これはクラウダーさん！」

「きみの上司と話をしてね」アンクル・ジョージも陽気な口調だ。

「ジャック・エリオットですか」声が不安げになる。

「ああ、わたしの古い友人なんだ。鳥を撃ちに毎年ここへ来るのさ。フロヤードという男を追いかける上で、何かの役に立ってくれるかもしれないと思ったんだよ。きみは気に入られているみたいだな、ヒューゴさん」

「それはよかった」と、頬をひくつかせながら答える。「ここでは二重駐車は違反なんじゃないですか」

アンクル・ジョージはウインクをして言った。

「あまりに多くの秘密を知っているからね」

そう言ってわざとパイプに煙草を詰める。子どもたちが四方八方に散らばってゆくが、ヒューゴの目にその姿はもう入っていなかった。ここは諦めて、敗北を認めなければならないようだ。

「ここ何年か、学校で遊ぶ子どもたちを見ていません。都会の子どもは田舎の子どもと違います。田舎の子どもはいつも忙しそうですね」

「子ども好きなのかね」アンクル・ジョージはパイプの口にマッチの火をかざし、目を細めながら訊いた。

「後悔していることがあるとすれば、それは結婚しなかったことです。いまの世代のヒューゴ一族は、とても多産とは言えない。兄には男の子がいましたが、残念なことに数年前死んでしまった。まだ五歳でした」

「そうか、つらいな」

そのとき、チャールズ・ヒューゴの表情が突如暗くなったように見えた。

「ええ、つらいですとも」そこで表情が明るくなる。「あなたは実に興味深い、クラウダーさん」

「ほう?」

「最初にお会いしたときは、あなたのことを『田舎者』と思いました。しかしちょっと前、あなたのご友人に会いましてね——ランドン判事ですよ。ハーバードのロースクールを次席で卒業し、州知事への道を順調に歩んでいた。あなたには地元の殺人とはまったく別のストーリーがあるようだ」

アンクル・ジョージは淡いブルーの瞳をチャールズ・ヒューゴに据えて言った。

「わたしはよき政治家となるには、人命をあまりに重んじすぎているんだよ。当地の郡検察官だったとき、わたしは無実の人間を電気椅子送りにした。人の命を軽率にも奪ってしまうと、平気でいるのは難しい。わたしの行為は犯罪でなく、不幸な司法のミスだった。しかし、人間の命が消し去られた。わたしはそのことで自分を憎むし、理由がなんであれ他人の命を奪う人間も憎む。わたしがこの事件に関心を抱いているのもそれが理由だ。三人の男が冷血にもフロヤードを殺害した——法の外側でだ。奴らが逃げおおすのは絶対に許せない」

金色のライターで煙草に火を点けるチャールズ・ヒューゴの手は極めて落ち着いていた。

「空中に消えたかのようですね」

「なんの痕跡も残さずに消えることはできないよ。遅かれ早かれそれを手に入れる」

「そして正式に起訴するんですね」

「奴らが司法の裁きに価すると思うかね」アンクル・ジョージは不思議そうに訊いた。

「あなたのお考えに従えばそうでしょう」

「我々が犯人を名指しできればな。我々が起訴できないならば、フロヤードには道連れができることになるだろう」

煙草の灰がヒューゴのトレンチコートにこぼれ落ちた。

「目には目をですか。古い信条が法そのものに優先するというわけですね。しかし、あなたの信念とどう折り合いをつけるんですか」

「このような場合は背を向けるかもな」アンクル・ジョージは答えた。

「思っていたほど神ではなく、人間に近いようだ。お話しできて楽しかったですよ、クラウダーさん。手がかりを摑んだら連絡をお忘れなく」

「約束は約束だ」

ヒューゴは車のギヤを入れて走り去った。残されたアンクル・ジョージはジープの運転席に座って走りゆく車を眺めながら、右手でティミーの首の後ろ側をなでた。

その日の午後五時ごろ、庁舎にあるパーディー警部のオフィスで作戦会議がひらかれた。出席者は州警察官のアーベッチアン、サム・バクスター郡検事、レッド・イーガン、そしてすっきりして落ち着きを取り戻したアンクル・ジョージである。一同に知らせるべき情報の大半を摑んでいるのはアンクル・ジョージだが、まずはパーディーが口火を切った。

州警察はフロヤードが車を借りたハーツの店舗を突き止めたという。犯行当日の朝に借り受け、正しい名前と住所を申告したとのことだ。そして、彼の「妻」なる人物が車を返して料金を支払った。すべて正常で合法そのもの。もう一度見ればその女性を見分けられるだろうと、ハーツの従業員は言ったとのことである。

「まあ、その女を見つけるまでは無理だな」アンクル・ジョージが言った。「わたしも友人のジャック・エリオットからフロヤードについての情報を手に入れた。フロヤードはニューヨークのアーヴィン信託銀行にかなりの額を預金しており、六桁になるそうだ」

「金持ちか」パーディーがつぶやく。

「貿易業者というのは作り話のようだ」アンクル・ジョージが続ける。「オフィスもなければ従業員もいない。その会社が実在するなら、手品のような経営ぶりだ。ヨーロッパを何度も行き来していたと思われる。何らかの非合法なビジネスだったのかもしれない——密輸か麻薬かはわからんがね。そして極度の女たらしだった。マンションの住人によると女性の訪問客が数多くいたが、特定の女性はいなかったらしい」アンクル・ジョージはそこで深く息を吸った。「さあ、ここで殺人犯に話を移そう。わたしはそれを突き止めたと思う」

「なんだと」バクスターの声は鋭かった。

「三人兄弟だ。名前はヒューゴー——チャールズ、エドワード、そしてフランク・ヒューゴの三人だよ」

「ちょっと待て、ジョージ」バクスターが声をあげる。「チャールズ・ヒューゴはこの町にいる。『トゥデイ』という雑誌の記者だ。わたしにも会いに来たからな。そいつは取材で訪れたんだぞ」

「レッドとわたしにも話しかけてきたよ。評判は上々。また毎週誌面に顔写真が載っている。そしてフランクとエドという二人の兄弟がいる。警棒を持つ男は二人の共犯者をなんと呼んでいたか。ジョーイが聞いた名前を思い出してほしい」

「なんてこった」パーディーが声をあげる。

「フランクとエドはニューヨークでダイヤモンドの卸売業を営んでいる。ニューヨークの地方検事局にいる友人が今日ヒューゴ兄弟に会おうとしてくれた。二人とも〝インフルエンザ〟で欠勤していると言われたがね」

「我々はいったい何を待っているんだ」バクスターが訊いた。

「『トゥデイ』の写真を見ても、ジョーイはチャールズ・ヒューゴに見覚えがないという。警棒を持つ男の顔は見ていないからな。他の二人についても、見分けられるかどうかは疑わしい」

「ダイヤモンドは違法に持ち込める。それでヒューゴ兄弟とフロヤードの関係が説明できるかもしれないな」パーディーが言った。

「かもしれん」アンクル・ジョージが答える。「また、チャールズ・ヒューゴは『トゥデイ』誌に国際犯罪に関する特別記事を寄稿している。これがこの町にいる表向きの理由だ。エリオットいわく、レイクビューは執筆に適した静かな場所らしい。国際犯罪とは敵性人の密入国や、ダイヤモンド、麻薬、偽造通貨、酒類、時計、光学機器なんかの密輸を指している。フロヤードが扱っていそうな品ばかりだ」

「チャールズ・ヒューゴがフロヤードに関して何かを突き止めたというなら、話が逆じゃないか」バクスターが異議を唱える。「フロヤードのほうがチャールズ・ヒューゴを追っていたに違いない」

「推測はやめようじゃないか」アンクル・ジョージが言った。「いま殺人容疑でヒューゴ兄弟を逮捕したら、いったいどうなる。目撃者はジョーイしかいないし、供述を信じさせることができるかどうかはわからない。いや、できそうにないな。三人の出入りを目撃した人物がいても、見つかる可能性は低そうだ。森の中に我々の助けとなるものはない。地面は濡れて泥だらけ。型を取れるほどはっきり残った足跡もないんだ」

「しかし、エドワードとフランクが争いのせいで傷を負っていたら？」パーディーが訊き返す。

「もういまごろは、奴らもちゃんと説明できるだろうし、アリバイもこしらえたかもしれない。現時点で恐れるべきことは一つだけ。未知の少年に自分たちの身元を暴かれることだ。我々としてはあの子にそれができるとは思っていないが、そのことを奴らは知らない。チャールズ・ヒューゴはそれを突き止めようと手を尽くしている。今日の午後、学校から出てくる子どもたちを見ていたんだ。森の中にいたとき、ジョーイは明るい赤のマッキノーコート（厚手ウールのハーフコート）を着ていて、同じく赤のハンティング帽を被っていた。ヒューゴは明らかに、そのような服装をした子どもを探していた。ヒューゴ兄弟に対する逮捕令状を発行して奴らを引っ張ってきたはいいが、面通しに失敗すれば、すべては終わりだ。みんなも知っているように、チャールズ・ヒューゴはいまこの町にいる。犯行当日にレイクビュー・インへやって来たんだ。しかし、合法的な理由と素晴らしい評判がある。他の二人にもアリバイがあるだろう。犯行を十分立証する何かを見つけられる確率は、まあ一パーセントといったところだろうな」

そこでアンクル・ジョージは手を伸ばし、パーディーの机から黄色いメモ帳を取り上げると、ボールペンで何かを書いた。そしてメモ帳を机の上に置く。他の三名はそれを囲んで文字を読んだ。

貴兄と兄弟のためにも、声に出して伝えないほうがいいと思う。土曜日の午後四時ごろ現場へおいでなさい。そこでなら率直に話し合えるだろう。


「自分がなんの犯罪とも関係なく、このメモを郵便で受け取ったとしたら、いったいどうする」アンクル・ジョージは訊いた。

「当局に引き渡すな」バクスターが答える。

「冗談だと思わない限りそうするだろう。しかし、無実であれば絶対にしないことが一つある。つまり明日の午後、ヘーガンズ・ポンドに行くことは決してしない。手紙の筆者がなんのことを言っているのか、見当もつかないからだ。もし無実ならな。だが無実でなければ、脅迫者とおぼしき人物を黙らせるために——あるいは殺すために——姿を見せるはずだ」

「食いつくと思うか」レッド・イーガンが疑わしげに尋ねる。

「そう思わないのか」

「試す価値はある」バクスターが言った。

「約束の時間に誰かが、あるいは全員が姿を見せたら、奴らも言い逃れはできない」

「そのとおりだ」と、バクスター。

「さっきの内容を白紙に記して、封筒に入れて今夜送る。ニューヨークに住む二人へは速達で、レイクビュー・インに泊まっているチャールズ・ヒューゴには普通郵便で。ほぼ同時に配達されるだろう。そして奴らは連絡を取り合う。午後四時にここへ来ればいいから、ニューヨークからでも時間はたっぷりある。チャールズ・ヒューゴが手紙を受け取る前に、警察の人間を二人か三人、森へ送り込む必要があるな。そこでずっと張り込んでいるんだ。三時ごろ、わたしもおおっぴらに小屋を出る」

「誰かを張り込ませたとしても、木の陰から背中を撃たれない保証はないぞ」と、レッドが口にする。

「そうは思わんね。殺人犯が三人にこちらは一人——脅迫者に奥の手がなければそんなところに行かないはずだ。真相を知る仲間とか、死んだ場合に届けられることになっている、事実を記した書面などだ。奴らは脅迫者を殺す前に、その人物がどんな準備をしたか知る必要がある。わたしはそう確信しているし、喜んで危険を冒すつもりだよ」

翌日——土曜日——チャールズ・ヒューゴ氏はレイクビュー・インの自室に朝食を届けるよう注文した。ジュース、ベーコンエッグ、ロールパンにコーヒー。かなりの食欲だ。合わせて『ニューヨーク・タイムズ』紙と『デイリー・ニュース』紙も注文した。ひげを剃ってシャワーを浴びるあいだ、ドアの掛けがねは外しておいた。タオルで身体を拭いていると、ウェイターがドアをノックする音が聞こえた。ヒューゴは中に入るよう声をかけると、請求書にサインをしてチップと一緒に置いておくから、皿を下げるときに持っていってほしいと言った。
身体を乾かしたあと、黒くつややかな髪に櫛を入れ、ドアの裏にかけておいた部屋着に身を包み、客室へ戻った。身の引き締まるような秋の夜気のせいで空腹を感じる。テーブルに置かれたジュースのグラスを手に取り、ぐいと飲んで新聞に手を伸ばす。その上に手紙が置かれていて、『レイクビュー・イン、チャールズ・ヒューゴ様』と子どものようなのたうち回る字で記されていた。

ヒューゴはジュースのグラスを置いて手紙を拾い上げた。送り主は記されておらず、レイクビューの消印が押されている。ヒューゴは部屋着のポケットから煙草を取り出し、ふらつく足で引き出しに行ってライターを手にしたが、その間ずっと手紙を握りしめていた。そして煙草の煙を吸ってから、たんすの上の爪やすりを取り上げ、慎重に封筒を開いた。中には罫線入りの紙が入っていて、何かのノートから切り取られたことは明らかだった。

中身も同じ子どもっぽい汚い字で記されていた。

貴兄と兄弟のためにも、声に出して伝えないほうがいいと思う。土曜日の午後四時ごろ現場へおいでなさい。そこでなら率直に話し合えるだろう。

ヒューゴはその場に立ちながら文面をじっと見つめた。色黒のハンサムな顔が岩のように固まっている。それから、そこにない何かを見つけようとするかのように、手紙を何度も何度も裏返した。封筒も再度調べる。レイクビュー郵便局で昨夜六時に投函されたものだ。

そのとき、ベッド脇のテーブルに置かれた電話が鳴った。そちらへ行って受話器をとる。

「もしもし」

「チャーリーか？　エドだ」

「エド、ここは交換台経由なんだぞ」

「わかってるよ」受話器の向こうの声は不安げだった。「そちらに何か便りはあったか」

「ああ、あった。フランクにもあったのか」

「そう。あのガキ、どんな化け物なんだ」

「エド、いまいる場所から離れるんじゃないぞ。十分後、ロビーの公衆電話からかけ直す。家にいるのか」

「ああ。フランクもこちらに向かっている」

「着替えなきゃならん」チャールズ・ヒューゴは言った。「いいか、十分後だぞ」

受話器を置いて朝食の席に戻り、カップにコーヒーを注いでたんすに持っていく。それをすすってから着替えに取りかかった。それを終えると再びコーヒーをすすり、クローゼットからトレンチコートと山高帽を取り出し、部屋を出て扉に鍵をかける。その朝、チャールズ・ヒューゴは朝食を口にすることができなかった。

フロントで二ドルを硬貨に両替すると、ロビーの隅にある公衆電話に向かう。そしてボックスに入り、ニューヨークの電話番号を伝える。最初の呼び出し音でエド・ヒューゴが出た。

「チャーリーか。フランクが着いたばかりだ。手紙はどちらも同じで、速達で届いた。おまえのも同じなんだろう」そう言って手紙の文面を読み上げた。

「まったく同じだ」チャーリーが答える。

「信じられんよ、十歳くらいのガキがこんな神経の持ち主なんて」

「おれだって、これっぽっちも信じられない」チャールズ・ヒューゴが言った。

「別の目撃者がいたと思うか」

「いや」チャールズ・ヒューゴはそう言うと、新しい煙草にライターの火をかざした。「まったくついていない」

「ついていないだと！」

「ここは二流の町だ。ところが不幸なことに、大リーグの選手と出くわしたようだな」

「そんな馬鹿な」

　すると別の声が聞こえた。

「チャーリー、おれだ。もう一つの受話器で話してる」

「おはよう、フランク……さて、二人とも聞いてくれ。この町にクラウダーという男がいる――ジョージ・クラウダーだ。引退した弁護士で、歳はおそらく五十くらい。かつては郡の検察官でハーバードを次席で卒業。ゆくゆくは州知事、あるいは上院議員になっていたかもしれん。ところが無実の人間を有罪にして電気椅子に送ってしまった。それでキャリアに終止符が打たれる。住まいは――あの現場から三マイルほど離れた小屋。凄腕のハンターだ。主な関心は十二歳になる甥。名前はジョーイ・トリンブル。父親は地元で薬局を経営している。このジョーイ・トリンブルこそが、あの日の午後に出くわした我々の友人に違いない。伯父のジョージのところへまっすぐ向かい、洗いざらいしゃべったんじゃないかと思う。アンクル・ジョージはジョーイのことを隠している。その子は警察の庁舎に行っていないし、当局の誰も会いに来ていない。当然、電話で何時間も警察と話した可能性はある。確かめるのは無理だ。しかし、家を出てもいなければ学校にも行っていない。これは普通じゃないぞ」

「つまり、そいつが我々を名指ししたというわけか」フランク・ヒューゴが口にする。

「そうかもしれないし、違うかもしれん」チャールズ・ヒューゴはそう答えると電話ボックスのドアを一瞬あけ、煙草の煙を外に出した。「ちょっと行動が大胆過ぎたかもしれないな。自分からクラウダーに声をかけたんだ。そして、雑誌の記事を担当していると言った。相手の反応はまったく正常だったが、あとでそいつと偶然出会い、おれの上司と話をしたと言われた。秋になると、エリオットがここへハンティングに来るんだそうだ。おれに兄弟が二人いることを、エリオットが話した可能性もある。クラウダーのような人間にとっては、それも十分手がかりになるはずだ。そのとき突然、その子が『トゥデイ』誌に載っているおれの写真を見て、身元をばらすかもしれないと考えた。そこで地元の新聞店に行くと、その前の三十分間で最後の四部が売り切れたことを知った。中身を確認する必要があるので、貸してほしいから誰に売ったか教えてもらいたいと言った。まあ、小さな町だからな。するとそのうち三部はジョージ・クラウダーと、妹のヘクター・トリンブル夫人が買ったことがわかった。ジョーイ少年の母親さ」

「なら、その子はお前のことをばらしたというわけか」エド・ヒューゴが訊いた。

「そう思ったよ——最初は。おれは警察が動きだすのを待ち続けた——この手紙が届くまでな。だから、その子がおれの身元を明らかにするのは不可能だとみている。クラウダーのように鋭い人間ならその残念な事態にどう対応するだろうかと、おれは自問した。その答えがおれたちへの手紙だ。どこに来いとは書いていなかっただろう。単に『現場』とだけしか書かれていなかった。だから我々がのんきにそこへ歩いて行き、警察の連中と出くわすことを期待しているんだ。そこにいるというだけで罪を自白したようなものだからな」

「おれにはなんの罪悪感もないぞ」フランク・ヒューゴが震え気味の声で言った。

「いや、具体的な罪のことだ」

「それなら行かないまでさ」エド・ヒューゴが口を挟む。

「そして、残りの時間ずっと、ジョージ・クラウダーに見張られながら過ごすわけか。いつの日か、我々とフロヤードの関係を突き止めるだろう。負傷しているかどうかを確かめようと、誰かがお前たち二人に会う手はずをすでに整えているはずだ。おれの見るところ、そんなに先のことじゃない」

「つまり、もう打つ手はないということか」

「いや、代案を出してやるのさ」

「どういうことだ」

「あの子だよ」感情のないその冷たい声は、ヘーガンズ・ポンドでジョーイ・トリンブルの血を凍らせた声だった。

「いや、チャーリー。それはだめだ！」

「他にアイデアはあるのか、フランク」

ヒューゴ兄弟による電話会議の数時間前、森の中での張り込み計画がパーディー警部の主導で動きだしていた。制服を脱いでハンターの服装に着替えたパーディーとアーベッチアンがレッド・イーガンに伴われ、暗闇の中、ヘーガンズ・ポンドへと通じる林道を車で進んでいった。

パーディー警部は携帯無線を持参している。ハイウェイを一日中さりげなくパトロールしているパトカーと、警察の庁舎とのあいだで連絡を取り合おうというのだ。ずっと張り込んでいるあいだも連絡を取って、町内の状況が変わった際には連絡を受けられる。危険が迫った際も待機している応援部隊を呼べばいい。

日焼けした顔をしかめているレッド・イーガンが見張りの実質的な責任者である。二人の州警察官よりもはるかにこの森を知っているからだ。

三人がヘーガンズ・ポンドに到着したのはちょうど夜明け、約束の時間まで十一時間ある。容易に「現場」へたどり着ける道はただ一つ、崖の斜面を下る道だ。とは言え、回り道をして池の反対側から近づくのも、困難だが不可能ではない。

「連中がどっちから来ても一人があとをつけられるように待機すべきだと思う」レッドが言った。「つまり、一人は崖のてっぺん、一人は池の反対側、そしてもう一人は小屋から出てくるジョージを追う形で待機するんだ。おれはジョージのあとを追う。あんたら二人よりも素早くついて行ける。崖のてっぺんと池の反対側はそちらに任せた」

パーディーはレッドの小脇に抱えられた照準器つきのライフルを一瞥して言った。

「レッド、射撃について言えば、池の反対側から撃つのが一番難しい。きみはライフルの名手で、同業者が使う最高の銃を所有している」

しかし、レッドは首を振った。

「パーディー、射撃となるとおれには一つだけ心配なことがある。ジョージさ。あいつは自ら標的になろうとしている。だから近くにいたいんだ。その連中を取り逃がすのは残念なことだが、大事なのはジョージを守ることなんだ。奴らが背後から襲えないよう、おれがジョージのあとを追う」

「その前に、連中は彼と話さなければならないんだぞ」

するとレッドは深刻な面持ちで答えた。

「だといいがな。まあ、これから数時間はなんの心配もなく動き回れる。奴らはまだ手紙を受け取っていないからな。自分の持ち場でくつろいでいてくれ。できれば少し眠っておいたほうがいい」

「ここの地形を調べるために、チャールズ・ヒューゴが時間前に来るということは？」アーベッチアンが訊いた。

「そのときは身を隠して、奴の好きにさせればいい」レッドが答える。「一人でここへ来たところで、いくらでも言い訳はできる。雑誌の取材だと言われれば拘束することはできない」

「合法か違法かを問わず、拘束したらどうなります？」

「そのときは十中八九、チャールズから連絡がない限り、あとの二人は現われないだろう。だから姿を隠して奴の好きにさせるんだ。アービー、我々としては三人同時に捕まえる必要がある。さもなければ計画全体がおじゃんだ。さて、もう行こうか。あと煙草の煙には気をつけろよ。特に時間が迫ったらな。そのときお前は一人だ。誰かが銃に手を伸ばしてもそのままにしておけ。だが、できる限りジョージに余裕を与えるんだ。三人全員を視界に捉えておかない限り、我々は安全じゃない」


その日、アンクル・ジョージはトリンブル家の居間のソファで一夜を過ごした。そして朝食の席で、これから何が待ち受けているかを細かに話した。

「間抜けな計画だな」と、縁なし眼鏡を拭きながらヘクター・トリンブルが言った。自分が立てた計画でなければ自動的に反対するのが常なのだ。

ジョーイは目を丸くしながら、興奮のあまり目の前の朝食に手をつけられなかった。

「あんなの見なきゃよかった。見なかったことにしてくれればなんでもあげるのに。ジョージ伯父さん、そこに一人で行くんでしょう？　奴らは三人でやって来て、きっと見張っているよ」

「レッドとパーディーとアーベッチアンも来る」アンクル・ジョージが答える。「ヒューゴ兄弟が罠を仕掛けられないよう、もうそこにいるはずだ」

「三人じゃ森全体を見張れないよ」

「だが、レッドがわたしを守ってくれる。教会の助祭と同じくらい安全さ」

そのとき、エスター・トリンブルが静かに口をひらいた。

「わたしにはわからないんだけど、どうして三人の悪人のために善人の命を危険に晒すの？　兄さんが言ったことから判断すれば、フロヤードって人はきっと何かの犯罪者よ」

「おまけに破廉恥だ」ヘクターが口を挟む。「女連れで週末を過ごすなんてな」

するとアンクル・ジョージの口に薄笑いが浮かんだ。

「その代償は高くついた。なんと言っても、その女がヒューゴ兄弟に彼の存在を伝えたのは間違いないからな」そこで不安げな表情を浮かべる妹に青い瞳を向けた。「エスター、文字どおりの意味であろうと比喩的な意味であろうと、殺人を犯した者が逃げおおすことは許されないという仮説のもとに、我々の社会全体は成り立っている。人の命を奪ったり脅かしたりすることは許されていないんだ。そいつらはフロヤードを殺害した。その男が悪人だとしても、その悪事の報いを受けさせるのは司法の役目だ。それに、そいつらはジョーイにとっての脅威でもある。その脅威が去るのを待ってはいられないんだよ、エスター。そいつらに身の安全を図る時間など与えられないし、我々がそいつらのことを忘れてしまえば、きっとジョーイに危害を加えることで身の安全を図ろうとする。善人とて命の危険を冒さないといけないし、さもなければ悪人が突如すべてを握ってしまう」

「だけど、どうして兄さんなの？　州警察やレッド・イーガンにどうして任せないの？」

「エスター、我々が命を危険に晒しているのはジョーイのためなんだぞ」アンクル・ジョージはそう言うと、少年を優しく見つめた。

「正直、そいつらが自ら罠にはまるなんて、自分でも思っていないんだろう」ヘクターが口を出す。

「連中は取引するために来ると思う」

「だが、逃げおおせるだけの時間を与えてしまったんだぞ」

「そんなことをすれば自白したも同然さ」

「じゃあ、のこのこ現場に来て、手錠をかけてもらおうと手首を差し出すとでも言うのか？　正気の沙汰じゃないぞ、ジョージ！」

「連中は、取引のために来るはずだ」

「何と交換するんだ？」

　するとアンクル・ジョージは一瞬ジョーイに視線を向けたが、すぐにそらした。

「わたしに言えるのは、チャールズ・ヒューゴは馬鹿じゃないということだけだ。連中が来るなら、それは何かを達成できると考えているからだ。たぶん、その殺人は正当防衛だったと我々を納得させられるとでも考えているかもしれない」

「実際そうだったのかもね」エスターが言った。

「そんなものはないよ」アンクル・ジョージが答える。「きみたち二人に約束してもらいたいことがある。わたしが自ら姿を現わすまで、ジョーイをこの家から出さないこと。わたしから伝言があってもそれは偽物だ。送るつもりはないからな。誰かから電話がかかってきてジョーイを警察の庁舎に連れて行くよう言われても、それに従ってはいけない。パーディー警部が自らそう言ってもだ。ジョーイを玄関から出してはいけない。ずっとここにいるんだ」

「そんなに危険なら護衛が必要だ」ヘクターが言った。

「三人全員が森にいると確認できるまで、護衛を置くよ。その時点で、この町の州警察官と保安官は全員、連中を包囲するため森に急行する。三人の所在が明らかになったら少しは安心できるだろう」

そこで淡いブルーの瞳を少年に向ける。「いいか、ジョーイ。直接わたしに言われるまで、ずっとここにいるんだぞ」

「わかったよ」

そこでアンクル・ジョージは立ち上がった。

「夕食までにはすべて終わっているだろう。都合がつけば戻ってきて、何があったかすべて話す」

「ジョージ伯父さん！」ジョーイはそう声をあげると、銀髪の男が立つ場所に駆け寄った。

「どうした」

「気をつけてね」嘆願するような口調だ。「本当に気をつけてね」

「大丈夫だよ。きっと大丈夫だ。それに、レッドがわたしをずっと守ってくれる。あいつがどれほど優秀か、おまえも知っているだろう」

「ぼくは見たんだよ」ジョーイの声は震えている。「あいつらがどんなに悪い奴か」

「必ずそいつらを打ち負かしてやるさ。変な想像なんかしないでずっとここにいるんだぞ」

九時過ぎ、アンクル・ジョージは警察の無線室に入った。当直の警官が親しげにそちらへうなずく。

「定期的に連絡が入ってきてますよ、クラウダーさん」その警官は言った。「つい数分前もパーディー警部と連絡をとったばかりです。警部もアーベッチアンもイーガンも待機しています。警部は崖のてっぺんで、アーベッチアンは池の反対側にあるハンティング用の隠れ場の中で。レッドが言ってましたが、あなたも去年の秋それをお使いになったそうですね」

アンクル・ジョージはうなずいた。

「レッドはあなたの小屋と池を隔てる尾根のてっぺんにいるそうです。そこでなら、小屋から出てくるあなたの姿が見えて、池の反対側に向かって下りるのを追いかけられます。何かが起きない限り三人とも持ち場を離れません。クラウダーさん、あなたは小屋を出発するまで、できるだけわたしと連絡を取り続けてください」

「他には」

「森に沿ってハイウェイ四十六号線をパトカーがパトロールしています。通常のパトロールですが、今日は特別の指示を受けています。まだ成果はありませんがね。あと、これはパーディー警部のアイデアですが、レイクビュー・インの経営者、ディック・ジョーダンには秘密を一部打ち明けておいたほうがよかろうということでした。なのでチャールズ・ヒューゴが宿をあとにしたとき、ジョーダンから連絡が入ることになっています。奴は手紙を受け取ったあと、ロビーに下りて公衆電話を使ったそうです。それから部屋に戻ったというのが、いまのところの状況です」

「ここにいても構わないか」アンクル・ジョージが訊いた。

「どうぞご自由に」

アンクル・ジョージは窓際に座ってパイプに火を点けた。通りの向こう側にあるトリンブル宅が見える。雑な張り込みだ。自分が一緒に森に行ったほうがよかった。森は自分の庭のようなものなのだから。彼はかつてジョーイに語ったことがある。「優秀な犬と優れた銃があれば、グランドセントラル駅より森のほうが安心できるよ」

しかし、チャールズ・ヒューゴのことを考慮に入れなければならない。連中が森へ入るより早く、奴がジョーイにちょっかいを出すこともあり得る。そうなれば切り札を与えてしまう。通りを隔てたコリンズ宅の玄関に二人の保安官代理が待機して、ヒューゴ兄弟がヘーガンズ・ポンドに向かったと連絡が入るまでそこで待機していることを、アンクル・ジョージは知っていた。何かが起きたら、自分が即座に動く立場なのだが。

警察無線から断続的に声が聞こえる。興味を引くようなことをパトカーは何一つ連絡してこなかった。


十時十五分ごろ、通信員の机にある電話が鳴った。受話器をとって耳を傾け、アンクル・ジョージのほうを向く。

「チャールズ・ヒューゴが車に乗って宿を出発したそうです。荷物はもっていません。チェックアウトもしていない。まずはあなたに伝えて、それから四十六号線をパトロールする四号車に連絡せよとのことです」

アンクル・ジョージは手のひらでパイプを叩き、金属のバケツに灰を落とした。

「小屋へ戻る前に、また戻ってくる」

大通りは買い物客で混み合っていた。アンクル・ジョージはラッキーズ・ダイナーへ向かっていた。チャールズ・ヒューゴが町中に出てくるなら、大通りを通るはずだ。それを除けばレイクビューには家並しかない。宿からは二、三分しかかからないだろう。

アンクル・ジョージが軽食堂のステップに足を乗せたところ、レッド・イーガンが経営する店の前に車が停まるのが見えた。粋な山高帽を被ったチャールズ・ヒューゴが車を降り、店の中へ入ってゆく。だがすぐに出てきて車に乗り込み、通りをゆっくり遠ざかっていった。それから警察の庁舎の向かい側に車を停めると、建物へ入っていった。中にいたのは五分ほど。立ち去り際、ハンサムな顔に浮かぶ冷笑が見えるほど、アンクル・ジョージは接近した。そして意図したとおり、ヒューゴはアンクル・ジョージの姿を認めた。

ヒューゴは歩道を歩いて近づいてきた。

「一人で留守番のようですね、クラウダーさん」

「どういうことかね」

「イーガン保安官は店にいないし、いつ戻るのかもわからない。昨日お会いしたパーディー警部とアーベッチアンさんもなぜか不在だ。それで郡検事はどこかと尋ねたところ、あなたの姿が見えたんですよ。記者というものは、情報源が自分の前から消えるのを好みませんからね」

「何も新しいことはないだろう」アンクル・ジョージは言った。「コーヒーを飲むところだったんだ。一緒にどうかね」

「喜んで」

二人は軽食堂に入ってカウンターの前に座った。注文したのは両者ともブラックコーヒー。ヒューゴは煙草を差し出したが、アンクル・ジョージはそれを断わった。

「わたしをからかっちゃいけませんよ、クラウダーさん」ヒューゴが笑みを浮かべながら言った。

「新しい事件を担当する捜査官が三人、どこかに消えてしまうなんてあり得ない」

「まあそれでも、わたしができる限りきみを助けようとしたことは認めるだろう」

「ええ、もちろん」

「本当に大したことじゃないんだ。フロヤードと森の中にいた三人組について、我々は何の手がかりも得ていない。特徴とか、まったく何も得ていないんだ」

「それで?」ヒューゴの目は輝いている。

「パーディーは動員可能な人物を全員、レイクビューの周辺に展開させた。そいつらがどこかに立ち寄るのではないかと期待してな。ほら、ガソリンとか、食べ物とか、飲み物とかが必要になるだろう。自分が探している人物のことや、そいつらがどんな外見をしているかについて、パーディーはこれっぽっちも摑めていない。このあたりをうろついているとは思えない。どこかで小さな手がかりを手に入れるか、行き詰まりへまっしぐらかのいずれかだろう」

「そうでしょうね」ヒューゴはそう答えると、煙草の火を灰皿で消した。「フロヤードを見つける目的でこの町へ来たなら、その連中も注意を怠らないでしょう。ニューヨークからここまで、ガソリンを補給せずに往復するのは可能です。どこにも立ち寄る必要はないし、そうしたとも思えない」

「決まり文句だが、殺人事件を捜査しているときは、あらゆる手を尽くさなければならないのさ」

「フロヤードですが、あなたにお伝えできることがあるかもしれません」

「ほう」

「わたしは国際犯罪についての連載をもっていると言いましたよね」

「ああ」

「国内外でずいぶん調査しましてね」その声は硬く、生気を失っていた。「ジョン・ヤードレイなる人物の足跡を追っていたんです。ところが偶然にも、その人物の特徴がフロヤードと極めて似ているんですよ。ハンサムで大柄で、見事な肉体をしている。同一人物かもしれません。ジャックとジョン。フロヤードとヤードレイ。二人が同一人物なら、一人の犯罪者があなたの森で死んだわけです」

ヒューゴは煙草に手を伸ばしたが、垢抜けた様子が一瞬消えてしまったかのようだった。煙草に火を点ける手があからさまに震えている。

「麻薬ですよ。大麻にマリファナ。どれだけ多くの命がジョン・ヤードレイのせいで失われたことか。クラウダーさん、国際犯罪というのは世界でもっとも見えづらい分野でしてね。地上のくずがそれを動かしている。ヤードレイのような人間ですよ。そうした人物のことを考えると、倫理を固く守るのは難しいものです」

「殺しは殺しだよ」

「そうでしょうか」ヒューゴはそう言うと、数口しか吸っていない煙草をもみ消した。「それはその犯罪と、犯行現場次第でしょう。兄弟のフランクとエドワードは長年ダイヤの仕事をしてきたんですが、旅行を兼ねて一緒に出張することにしたんです。フランクの妻ルースと、デイヴィッドという幼い子どもを連れて。フランクとエドはタンガニーカにある有名なウィリアムソン鉱山や、シエラレオネと南アフリカにあるいくつかの場所を回ろうとしたんです。夏のあいだはずっとそこで過ごす予定でした」

そこでコーヒーをすすり、苦いと言わんばかりに顔をしかめた。

「旅行の前半はビジネスも上々で、ルースと五歳のデイヴィッドは珍しい景色や習慣をたくさん見た。シエラレオネでの仕事が終わったあと、一行はリベリア、ガーナ、ナイジェリア、そしてベルギー領コンゴを回って南アフリカに入ることになっていました。

だが、コンゴで深刻なトラブルに巻き込まれた。地元の政治勢力のあいだで紛争が起こり、国連が介入したんです。その結果、白人男性はハンティングの時期の鳥のように狙い撃ちされる危険に晒されました。普通の輸送手段はもう使えない。エドとフランク一家はにっちもさっちも行かなくなったのです。金で安全を買うことはできそうにないし、外交特権で守られた場所を見つけるのも無理だった。先がまったく見通せない状況になったんです。

するとエドが、危険地帯から脱出する手引きをしてくれるという人間を見つけてきた。まるでかくれんぼのような旅で、日中は原住民の小屋で眠り、夜に移動するという具合です。脱出を始めてから四日目、一行はナイジェリアに入り、そこの小さな村で一夜を過ごしました」

そこでヒューゴは顔をあげた。

「ここで仮定の問題を考えてみましょう。政治的混乱という状況において、ルースが眠っている原住民の小屋に誰かが押し入り、フランクを殴ってルースを襲ったとしたらどうします」

アンクル・ジョージはヒューゴの目を見つめたが、何も言わなかった。するとヒューゴが続けた。

「手遅れになる前にフランクが目を覚ましてそいつの頭に銃弾を撃ち込めば、それは正当防衛と呼ばれるはずです。しかしフランクが間に合わず、その後海を隔てた文明の地で襲撃者と直接出くわし、そいつを殺したとしたら、それは殺人になります。このような不合理をどう弁護できますか」

「最初の場合、フランクは自分と妻の命を守ったことになる。だが第二の場合、フランクは法廷の権限を奪ったことになる。ヒューゴさん、私刑を認めた瞬間、きみは間違いの扉をあけるんだぞ。身元の間違い、あるいは私的な復讐を理由とする故意の間違いだ。すべての法律は成文法だ。今も昔も、陪審はそうではないと考えているがね」

「それなら、フランクの妻を襲った人物はまんまと逃げおおせることになる」

「そいつを立件できなければそうなるな」

するとヒューゴが無言で首を振ったので、アンクル・ジョージは続けた。

「どんな人間でも判事になり、陪審員になり、死刑執行人になれるアナーキズムの世界に転落するよりも、一人の罪人が逃げおおせてしまうほうがいい」

「あなたがそのジレンマに直面しないことを祈りますよ」チャールズ・ヒューゴは静かにそう言った。

アンクル・ジョージはヒューゴを見据えた。

「自分が法を手にしたら、その法はわたしから正当な代価を取り立てるだろうな」

「それに例外はないと」

「ない」アンクル・ジョージは答えた。「たとえきみが言ったケースでもな」

それを聞いたヒューゴの顔に、奇妙で冷たい表情が浮かんだ。その突然の笑みは偽りだった。

「さて、ニュースがあったら教えてください」そう言って腰掛けから滑り降りる。「またお会いしましょう、クラウダーさん」

「まあ、そうなるだろうな」その声は乾いていた。

最後の疑いは消え去った。ヒューゴは脅迫状を受け取っているが、無実の人間ならきっとそれに触れるはずだ……

二時半を回る少し前、アンクル・ジョージは庁舎にいる通信員のもとへ戻った。新しい知らせはなく、パトカーからも誰かが森に入ったという連絡は入っていない。パーディー警部も、森は静かそのものだと携帯無線で伝えていた。

アンクル・ジョージはハイウェイ沿いにジープを走らせ、林道に入って小屋へ戻った。その途中で四号車とすれ違い、ハンドルを握る警官に手を振った。

小屋に着くと、ティミーが嬉しそうに主人を出迎えた。待てと言われてずっと待っていたのだ。両者は室内に入った。自分のコーヒーを温めつつ犬の餌を準備する。犬が食べているあいだ、アンクル・ジョージは居間にあるガラス張りの銃架に向かった。一瞬考えてから、コールブルックに住む銃職人の友人に特注で作らせたライフルを選ぶ。弾倉に弾を込め、他に何発かをポケットに放り込む。それからルガー自動拳銃を選んでそれにも弾を込め、予備の弾丸を何発か銃と一緒にポケットへ入れた。

時計に目をやると午後三時。あと一時間でヒューゴ兄弟がヘーガンズ・ポンドにやって来る——本当に来ればの話だが。

午後になって気温が徐々に下がっていたので、アンクル・ジョージは羊皮の縁取りがされた膝上までのコートを着て、その外ポケットに予備の弾丸とルガーを移した。それから角刈りの銀髪に赤いハンター帽を被る。ティミーが跳ねるようにキッチンから出てきた。

「すまんな」と、つややかな頭髪をかき上げながらアンクル・ジョージは言った。「今回は一人で行かなきゃならないんだ」

犬は不機嫌そうに鳴いた。

それからアンクル・ジョージはキッチンへ向かったが、そこでためらった。

「外で待ってもらおうか、ティミー。思ったほど早く戻れなかったときのためにな」

二人は外に出たが、犬のほうはさほど期待していない様子だ。

「待て、ティミー。ここで待つんだ」

犬は小さくため息をついて腹這いになり、前足で鼻をかくと、小脇にライフルを抱えて尾根へとゆっくり向かう銀髪の男を悲しげな目で見送った。

レッド・イーガンが待っているはずの場所へ登りだしたとたん、コートをまとったアンクル・ジョージに変化が起きた。いつもと違う感覚が機能しだしたかのようだ。視覚と聴覚がいつもより鋭敏になったかに思われる。尾根にたどり着くより早く、レッド・イーガンの姿を見つけた。本人は完全に隠れていると思い込んでいたのだが、午後遅くの太陽がシャツのボタンに反射し、つかの間の輝きを放ったのだ。奇跡でもなんでもない。自分も同じ隠れ場所を選ぶはずだと判断し、正しい場所に目を向けただけである。

フクロウの不気味な鳴き声が丘の斜面を下ってアンクル・ジョージの耳に届く。レッドならそれと同じ音を出すことができる。アンクル・ジョージが唇をすぼめると、同じ鳴き声が丘の斜面を上がってゆき、シャツのボタンが輝く場所へ向かった。

崖のてっぺんへと向かう小道には、ジョーイが二日前に同じ道筋をたどったあとがあちこちに残っていた。闇の中、しかも境界がはっきりしていない小道を、あの子はかなり正確に走っていた。もう少し成長すれば素晴らしい森のエキスパートになるだろう。いまだって大半の大人より優秀なのだから。

ヘーガンズ・ポンドに近づくにつれ、アンクル・ジョージのいつもの警戒心がさらに研ぎ澄まされた。振り返りこそしなかったが、後方二、三十ヤードの高いところをレッドがついて来ているのはわかっている。前方に罠があっても、ごく一瞬驚くだけだ。もっとも、パーディーとアーベッチアンが油断なく見張っていれば、罠などあろうはずがない。

崖のてっぺんに近づいたところで、アンクル・ジョージはパーディーが隠れているはずの岩場を調べた。警部はわざわざそれを出迎えようとして、自分の居場所を明らかにすることはなかった。

四時まであと二十分。

ジャック・フロヤードが自分の命を懸けて絶望的な争いを必死に繰り広げた池の縁を、アンクル・ジョージは見下ろした。一種の冷たい怒りに身体が一瞬こわばる。それから池を見渡すと、茶色い草むらの中にかすかな動きが見えた。アーベッチアンだ。

アンクル・ジョージは小道をゆっくり下りて崖の麓に着いた。一瞬、ジョーイが鮮明に語った二日前の惨劇が眼前に浮かぶかに思われる。滅茶苦茶にされたフロヤードの血まみれの顔、慈悲を乞う大声、チャールズ・ヒューゴの冷たい拒絶、「今度は我々が殺す番だ」というヒューゴの言葉。

アンクル・ジョージはしばし崖に目を向けて自分の隠れ場所を選ぶと、斜面に背中をつけて腰を下ろした。膝の上にライフルを置き、ずんぐりした黒いパイプにゆっくり葉を詰める。ヒューゴ兄弟から身を隠す意味はない——本当に来ればの話だが。真実が明かされる最後の瞬間の前に、取引することになっているからだ。

一分一分が長く感じられる。

四時五分前、アンクル・ジョージの筋肉が緊張した。存在を隠そうとすることなく、誰かが崖のてっぺんに近づいてくる。事実、その人物は『ジャック兄弟《フレール・ジャック》』というフランスの子守歌を口笛で吹いていた。その歌を選んだことに、一種の気味悪さが感じられる。

崖の斜面を小石が跳ねた。

アンクル・ジョージはしばらく動かなかったが、やがてマッチを擦ってパイプの口に火をかざした。誰かが早足で小道を下りてくる気配に、アンクル・ジョージは振り向いた。

チャールズ・ヒューゴが崖の麓に立ち、こちらに笑みを向けている。それは冷たく陰気な笑みだった。

「またお会いしましたね、クラウダーさん」チャールズ・ヒューゴは言った。

「そうだな」使用済みのマッチを冷たく湿った地面に埋めながら、アンクル・ジョージが答える。

「偶然だと言い張ってもいいんです。記者が犯行現場を見に来ただけだ、と。しかし駆け引きしたところで意味はない。違いますか？」

「ああ、まったく無意味だ。兄弟も来ているのか」

「すぐに来ますよ。そうそう、あなたが我々を脅迫しにここへ来たとも、わたしは考えていませんからね」

「それなら、どうしてここに来たんだ。それは罪の告白だぞ、ヒューゴさん」

「一つはっきりさせましょう」ヒューゴの暗い瞳に浮かぶくすぶるような怒りは、ジャック・フロヤードがこの世で最後に見たものだったに違いない。「わたしは兄弟と一緒にフロヤードを殺しましたが、それについては後悔していない。ほんの少しもですよ、クラウダーさん。そう、まったく。しかし今回だけ、あなたは法倫理にまつわる自身の厳格な掟を捨てなければならないことになる。自分たちがしたことについて、我々はなんの罰も受けるつもりはありませんからね。ほら、そんな嫌な顔をしないでくださいよ。パーディー警部だろうと、イーガンだろうと、あの若いアルメニア人の警官だろうと、あるいは他の誰であろうと、ここに隠れているご友人を好きなだけ呼べばいい。近くにいることは知っています。我々をどうするか、どうぞ顔を突き合わせてお決めなさい」そこで言葉を切ると、もと来た小道のほうを振り向いた。

ヒューゴとアンクル・ジョージが待つ場所へ、二人の男がゆっくり下りてくる。両者とも暗い色合いをした都会風のコートを着ており、同じく暗い色の帽子を被っている。一人は片目に眼帯をつけ、口元が傷だらけで腫れ上がっているように見える。もう一人は一方にかしいでしまったかのような顔つきで、顎が歪み、頬骨が赤く浮き上がっていた。

「兄弟です」チャールズ・ヒューゴがアンクル・ジョージに紹介する。「フランクとエドワード」

二人とも口をひらかなかった。

三人のがっしりした男たちと向き合い、アンクル・ジョージはジャック・フロヤードを呑み込んだパニックを理解した。レッドとパーディーとアーベッチアンが近くで待機していなければ、自分も人生で初めて肉体的な恐怖を覚えていただろう。一切の妥協と譲歩を拒む何かがこの三人にはあった。

「きみたち、何か言いたいことがあるんじゃないか」アンクル・ジョージが言った。

「ご友人をお呼びなさい」チャールズ・ヒューゴが答える。「警官の一人は携帯無線を持っているんじゃありませんか。それで町と連絡を取ればいい。そうすれば、わたしの言うことがはったりではないと確かめる手間が省ける」

「はったりだと？」

「クラウダーさん、我々がずっと切り札を持たずにいたとは考えないほうがいい。そして、我々が手にできる切り札は一枚しかないこともご存じのはずだ」

アンクル・ジョージはごくゆっくりとパイプをポケットにしまった。そしてまっすぐそびえるように立ち上がり、ライフルを構えた。

「その言葉の意味がわたしの考えと同じなら、きみははったりをかましている」

「携帯無線を持つ男をお呼びなさい」チャールズ・ヒューゴはそう言うと、ポケットから煙草を取り出し普段と変わらない様子で火を点けた。

「パーディー！」アンクル・ジョージは声をかけた。「下りてきてくれ。レッド！　アーベッチアン！」

すると上方から駆け下りる音がして、レボルバーを構えたパーディーが小道を急いで下りてきた。池の反対側では、湿地の草むらからアーベッチアンが立ち上がり、浅い水たまりを突っ切り重い足取りで近づいてくる。小道を下りる途中、レッド・イーガンはパーディーの背後で立ち止まり、現場全体を射程に収めた。

一同の誰もそれまで聞いたことがない声で、アンクル・ジョージはパーディーに言った。

「庁舎に連絡してくれ。ジョーイのことを訊くんだ」

「大丈夫さ、ジョージ。こいつら全員が森に入るまで、あの家はしっかり見張られている」

「連絡するんだ！」

パーディーは携帯無線のダイヤルを回した。

「パーディーから庁舎へ。誰か応答を」

「こちら庁舎です、警部」

「向かいのトリンブル宅に誰かを送って、少年の様子を確かめてくれ。無事でいることを確認したい」

「承知しました、警部。これにて通信終わり」

「さてクラウダーさん、あなたがたのために少しばかり時間を節約してあげましょう」チャールズ・ヒューゴは冷たい声で言った。「その子はそこにはいない。母親もだ。ハイウェイ四十六号線を走っていた女性が、銃弾を受けて森からよろめき出てくるあなたを見た。彼女はあなたを助けようと手を尽くし、通りがかった車を停めると、近くの家で電話を借りて救急車を呼んでほしいと頼んだ。あなたはその女性に、トリンブル宅に行って妹とその息子を病院に連れて行ってほしいと頼んだ。もう長くはもちそうにないから急いでくれと。その女性は親切にも、妹と息子を車で病院に連れて行くと申し出た。そして二人はそれを受け入れた」

「そんなことは起きていない」アンクル・ジョージは言った。

「重要な部分は、確かにそうだ」

「あいつらが家を離れたはずはない。きみと兄弟が森に入るまで家は見張られているんだから、うまくいったかどうかなど知りようがない」

「まあ、一種の賭けさ」

「その女性は、フロヤードの所在をきみらに教えた人間か」

するとお黒い眼帯をしたフランク・ヒューゴが言った。

「おれの女房だ」

アンクル・ジョージはライフルをゆっくり持ち上げ、チャールズ・ヒューゴの心臓に狙いをつけた。

「妹とあの子に何かあったら、容赦なくきみら三人を殺す」

チャールズ・ヒューゴはそれを聞いて苦々しく笑った。

「おやおや。法倫理の厳格な掟はどうなったんです」

そのとき携帯無線から雑音に続いて声が聞こえた。

「庁舎からパーディー警部へ。応答願います、警部」

「パーディーだ」

「何かが変です。トリンブル宅には誰もいません。指示を願います。どうぞ」

「一斉警報を発して女性を……」

「待て！」アンクル・ジョージの声は鋭かった。

「しばらく待機せよ」パーディーは言い直した。「通信終わり」

アンクル・ジョージはライフルを肩の高さに構え、淡いブルーの瞳で周囲を横目に見ながら、銃床を頬に当てた。

「必要とあれば、一人ずつ選んで撃つ」

「落ち着くんだ、ジョージ！」パーディーの声は震えている。

「問題は、我々がどこにいるかだ」チャールズ・ヒューゴが静かに言った。「我々はどこに立っている？」

「話さなければ、お前の命はあと三十秒だ」アンクル・ジョージは冷たく言った。

「家族に再び会いたいなど、少し子どもっぽくはないですか。このまま我々三人を逃がしなさい」

「言うことを聞いたほうがいい、ジョージ」小道の上のほうからレッド・イーガンが言った。その銃口はヒューゴ兄弟の残る二人に向けられている。「撃ち合いにさえならなければ、逮捕に抵抗したというだけで十分なんだぞ」

「お前らは取引しに来たんだろう、ヒューゴ」その声は荒々しく、感情が剝き出しになっていた。

「そうしようじゃないか。だがさっさと済ませるんだ。お前らに時間を与えるつもりはないからな」

池の縁でのやりとりにもかかわらず、森は不気味なまでに静かだった。レッド・イーガンが乾いた唇にくわえた煙草に火を点けるため、家庭用マッチを擦ったのだが、その音でさえも小型のクラッカーのように響いた。アンクル・ジョージはライフルを下ろしたが、その銃身は揺らぐことなくチャールズ・ヒューゴの胸部を向いている。

「クラウダーさん、誰かと取引する前にまず、その人物と、そいつをどこまで信用できるかを知る必要がある」チャールズ・ヒューゴが言った。「わたしはあなたを知っている。こんな状況でなければあなたのことを好いていただろうし、尊敬さえしていたかもしれない。あなたが約束を必ず守ることを、わたしは知っている。だが、あなたは我々のことをそこまで知らない。あなたの甥が我々の素性を暴くのを拒み、あなたたちが今日の午後のことは忘れることに同意すれば、その子と妹さんを無傷で返すと約束しましょう。しかしあなたは、我々を信じてよいかどうかわからない。どうやらこの現場でジャック・フロヤードを殴り殺したことと、いま逃走しようと決意していることしか知らない。だが、我々善良な一般市民がどうしてそんな残酷なことに巻き込まれたかを知れば、たぶん我々を信じ始めるでしょう」

そして静かな口調でこう続けた。

「今朝の会話で、弟のエドワードとフランク、そしてルースとその息子デイヴィッドが南アフリカへ旅したことを話しましたが、わたしはその状況を使って仮定の質問をした。あのナイジェリアの小さな村で起きたことは、わたしがあなたに話したことと大いに違っている。それにガイドの名前も話さなかった。ここで教えましょう。ジョン・ヤードレー。あなたがジャック・フロヤードの名で知っている人間だ。そいつが盗人で、密輸業者で、犯罪の中に生き、人類の中でもっとも堕落した人間だと言っても、それは誇張じゃない。だが弟たちは当時そのことを知らなかった。ヤードレーはその国のことを掌を指すように知っていた。ジャングルを拠点とするすべての犯罪者と連絡をとることができたんです。代金と引き換えに、奴は弟たちをコンゴから脱出させ、ナイジェリア、ガーナ、リベリア経由でシエラレオネに連れ出すことができた。

そして奴はそのとおりにした。奴には友人がおり、危険が迫ったときに隠れる場所も知っていた。知る人さえいない場所にヤードレーは隠れることができたんですよ。逃避行の四日目、一行はナイジェリアにいて、さっき話したその小さな村で一夜を過ごした。そして夜が明けると、デイヴィッドが消えていた」

初めて他の人物が声を出した。フランク・ヒューゴ――その声はむせび泣くかのようだった。

「デイヴィッドとルースは原住民の小屋の一室で寝ていた。ルースは疲れ果て、不自然なまでに深く眠っていた。朝になるとデイヴィッドがいなくなっている。早くに目が覚めてどこかに行ってしまったのかもしれない。ヤードレーは深く心配している様子だ。一行は隠れていなければならない。そこで現地の友人に頼んで周囲一帯を捜索させた。だが成果はなし。その子の痕跡は何一つ見つからなかった。

当然ながら、ルースはそこにとどまるつもりだった。だがヤードレーは、先に進まなければならないと言う。エドワードとフランクが連絡を取った他の白人も同じ意見だ。できることはすべてした。前進し続けないと命を落とす。しかしルースに関する限り、他に選択肢はなかった。何があろうとそこにとどまるつもりだったからだ。そこで毎日死の恐怖に怯えながら、一行はほぼ六週間とどまった。ヤードレーは一行を見捨てた。こいつらが自分のアドバイスに従わないせいで首をはねられるなど、まっぴらごめんというわけだ。

その六週間が終わりに近づくころ、デイヴィッドを生きたまま見つけられる見込みがないことを、ルースとフランクは認めざるを得なかった。そこで新たに連絡をつけた人物の助けを借り、エドワードとともに安全な場所へ向かう。ここまでが話の前半部分で、あなたもすでに聞いたはずだ。

悲劇を目の当たりにした人間は、自分の生活をなんとか再構築しようとする。ひどい悲しみがルースとフランクを三年間も苛んだ。それでも日々の習慣を続け、生活を送り、互いに支え合ってきた。デイヴィッドについて言えば、どこかに迷い込んだとしか推測しようがなかった――立派な身なりをした白人の子どもだからだ。たかが服と靴のために襲われて殴り殺され、どこかに放置されたのかもしれない。ルースとフランクには、それが即座に、かつ苦痛と恐怖を伴わない形で生じたことを日々祈るしかできなかった。他に何ができますか」

チャールズ・ヒューゴはそこで煙草を深く吸い込み、吸い終わらないまま遠くへ放り投げた。

「さて、四ヵ月前のこと、デイヴィッドに何があったのかをわたしは突き止めた」その声が突然震えだした。「わたしは国際犯罪に関する一連の記事を執筆しているが、そのためアフリカへ赴くことになり、ナイジェリアにも行った。当然ながら、そこでいくつか調査をした。ルースに頼まれたんですよ。デイヴィッドにつながるなんらかの痕跡や手がかりがあるはずだ、と。わたしにはナイジェリア人のガイドがいて、そいつのことを気に入っていた。そこである日デイヴィッドの件について話したんだが、相手の反応は変だった。わたしがその子の失踪を知っているのを聞いて、驚いたように、いや、怯えたようにすら見えた。そしてわたしがフランクの兄だと知ると、わたしの好奇心が普通のものじゃないことを知ったんです。

わたしがヤードレーの名を口にしたとき、ガイドは突如燃えるような憤怒に食い尽くされたかのようになり、血も凍るようなことを話した。ナイジェリアの東西の国境では一つの商売が繁盛している──黒人の子どもを奴隷にするという悪名高き取引だ。四歳から十二歳の子どもが売られてダホメ経由でカメルーンに連れて行かれ、そこで召使いにされるか農場で働かされる。ガイドの子どももその目的で誘拐された。ヤードレーはしばらくのあいだ奴隷取引で主要な立場にあり、我が子を誘拐したのもそいつだろうとガイドも言っていた。ずっと以前からヤードレーを見つけ出そうとしていたが、アフリカから逃走したのは間違いないということだ。デイヴィッドもそのように誘拐されたのか。その可能性は低いとガイドは言う。白人の子どもを商品にすれば目立ちすぎるらしい。しかしガイドの態度を見て、わたしはさらに相手を問い詰めた。

そこでようやく折れて、自分が知ることを話してくれた。ナイジェリアの原住民には〝ジュジュ〟の信奉者がいて、人間を神に生贄として捧げれば、豊かになって権力を得られると信じているというんだ」

一粒の汗がチャールズ・ヒューゴの顔を伝い落ちる。うめき声がフランク・ヒューゴから上がった。

「ガイドによると、二年ほど前に一人の白人の子どもがその信者に売られ、買い取った怪物はその子を殺害して一族の長者になったそうだ。白人の生贄には特別な魔力があるかららしい。そしてガイドが言うには、ジョン・ヤードレーこそがその怪物のために白人の子どもを拉致したのは間違いないという。クラウダーさん、奴隷取引の相場がいまどれほどのものかわかりますか。三百ポンド、およそ八百四十六ドルだ。その金額のためにヤードレーはデイヴィッドを売ったんだ!」

レッド・イーガンがうめくような声をあげた。

「クラウダーさん、ここはアメリカ合衆国です」チャールズ・ヒューゴが続ける。「レイクビュー。静かで素晴らしいニューイングランドの町。ここでは法倫理に関するあなたの掟も守られる。しかし、この世におけるわたしの目的が突然一つだけになったことは、たぶんあなたも理解できるだろう。どれだけ費用と時間がかかろうと、ジョン・ヤードレーを見つけ出そうと思った。そして発見したあかつきには、きっちり借りを返してもらおうと!

だが、ジョン・ヤードレーは姿をくらませていた。そして二ヵ月後、わたしのもとに奴の所在がもたらされる。ジョン・ヤードレーの所在を追ううえで、『トゥデイ』誌に寄稿した自分の記事が役に立ったんだ。真実を知ってから二ヵ月後、わたしはパリのインターポール本部に赴いた。国際刑事警察機構、六ヵ国による組織だ。そこには十万を超える既知の国際犯罪者の資料があり、およそ四十万の偽名が記されたリストもある。ヤードレーを見つけるのは丸太を転がすくらい簡単だった。奴はジャック・フロヤードという名でニューヨークに住んでいる。八十九番街イースト、わたしのアパートメントから五ブロックも離れていない場所だ。

わたしはまず合法的な手段に打って出た。ナイジェリアにいるあのガイドに電報を打ち、アメリカへ来るよう求めたうえで、もしヤードレー、つまりフロヤードを有罪にする証言をしてくれれば、費用はすべてこちらがもつし、きみを金持ちにしようともちかけたんだ。だがガイドは来られなかった。わたしがナイジェリアをあとにした三日後、狙撃手の銃弾がそいつの命を奪ったとのことだ。真実だとわかっていながらそれを証明することが、そのとき、いや永遠にできなくなったんだ。

たぶんフランクにもルースにも、あるいはエドワードにもそのことは話すべきではなかったかもしれない。だが彼らには知る権利があると、わたしは自分に言い聞かせた。殺しに参加する権利がある――それこそがわたしのしようとしていたことだからだ。

まあ、奴はいともたやすく見つけられましたよ。そして、奴が女性を連れて自宅に出入りするのを見張った。暮らしぶりは贅沢だ。デイヴィッドの幼い命を売って得た八百四十六ドルが元手だったんでしょう。我々はもはやビジネスマンでも新聞記者でも主婦でもなかった。決意を秘めた冷徹な復讐者だったんです。だが、どうやってそれを遂行するか。ヤードレーに代償を支払わせると同時に、デイヴィッドが受けた苦しみを奴に味わわせるにはどうすればいいのか。

するとある日、とてつもない偶然が起きた。精神的に疲れ果てていたルースはそれを酒で紛らわそうと、ヤードレー宅の近くにある小さなバーに入った。そこにヤードレーが入ってきて、二、三席離れた腰掛けに座った。ともにアフリカで過ごした数日間、ヤードレーが知っていたルースは黒髪で、直射日光から目を守るために色の濃いサングラスをかけ、男物の服を着ていた。だがバーにいるルースは、ヤードレーにも見分けがつかなかった。髪を赤く染め、着ている服も高級品。それに念入りにメイクしている。アフリカの草原の中、夜を徹して行動していたあの避難民の女性とは似ても似つかなかった。だが、信じるか信じまいかは勝手だが、ヤードレーはルースを口説こうとしたんだ！　そこで奴は、まず酒をおごった。一方のルースは心に殺意を抱えて隣に座っている。奴の手の感触ですら苦痛だった。過去数日間、ルースの心は一つの方向しか向いていなかったからだ。彼女はそこに座って冷静に怒りを抑えながら、我々の問題に対する答えが見つかったことに気づいた。我々が望む場所へヤードレーを連れて行き、そこで会わせればいい。

我々は慎重に策を練った。わたしは上司に、記事の執筆に適した田舎の土地を知らないかと訊いた。それで教えてくれたのがレイクビューだった。一方、ヤードレーはルースに夢中だった。また一緒に酒を飲んだし、ディナーもともにした。そしてついに、彼女は一緒に週末を過ごすことに同意した。場所は自分に任せてほしいと言い張り、アイアンワーカーズ・ロッジの名を伝えた。わたしがここで見つけた宿だ。奴は電話をかけて予約した。二人は車でここに着くと、夫婦を名乗った。我々はその宿に赴き、奴を捕らえてこの池に連れてきた。そして向かい合った。その目に真実が浮かんでいましたよ。そして我々は奴を殴った。水中に倒れ、溺死から自分を救う力も意志もなくなるまで」そこで長いため息をつく。「クラウダーさん、これが我々です。あなたが対処しなければならない人間ですよ。我々を信じるかどうかはあなたに任せます。あなたの法倫理については、自分の心と良心に問うてもらいたい」

再び森が静かになる。

アンクル・ジョージの顔は死人のように無表情で蒼白だった。

そのとき、池に向かって林道を走る車の音が遠くに聞こえた。レッド・イーガンがトランス状態に陥った人間の如く動きだし、小道を登って崖のてっぺんに向かう。下に残された者は一人として動こうとも話そうともしなかった。

「ジョージ!」レッド・イーガンが大声で呼びかける。「ジョーイだ!」

それは誰かが出し抜けに時限爆弾を解除したかのようだった。アンクル・ジョージは振り向いて小道を見上げる。チャールズ・ヒューゴは素早く振り返ると、悪寒に襲われた人間のように全身を震わせながら池の縁へ歩いた。アーベッチアンは緊張から逃れようと、小道を駆け上ってレッドのもとへ行った。フランク・ヒューゴは疲れ切って地面にくずおれると、静かに泣きだした。

そして崖のてっぺんにジョーイが姿を見せた。そのうしろにはエスター・トリンブルと、明るい赤髪の女性が立っている。

「ジョージ伯父さん!」ジョーイはそう叫ぶと、他のみんなを無視して崖の小道を駆け下りた。顔色は白く怯えていて、小道を下りるやいなやアンクル・ジョージにしがみついた。アンクル・ジョージはひざまずき、両腕をジョーイの身体に回してやった。

「ほら、ほら!」その声は震えている。

「ひどい間違いがあったんだよ」ジョーイが言った。その声は甲高く、丸暗記したスピーチを話しているかのようだ。「この人たちじゃない。真犯人を見分けるのは無理だけど、この人たちじゃないのは確かだよ」

アンクル・ジョージは顔をあげた。赤髪の女性がいつの間にか小道を下りてきて、泣きながら地面にうずくまるフランク・ヒューゴのそばにいた。

「ごめんなさい、フランク」と、彼女は言った。「わたし——できなかったわ。あの子とお母さんを見て、これから数時間、わたしたちが二人をどんな目に遭わせるのか、そして過去三年間、わたししたちがどんな経験をしてきたかを考えたら、どうしてもできなかったのよ。お願いだからわかって。わたしは二人にこれまでのいきさつを話して助けを求めたの」ルースはそう言うと、夫の肩に腕を回した。

「でもね、ジョージ伯父さん」ジョーイが声をあげる。「この人たちじゃないんだよ！」

「ヒューゴ夫人の話を聞いたんだろう？」その声は優しかった。

「うん、でも……」

チャールズ・ヒューゴが池から戻ってきたが、その顔は何歳も老けたかのようだった。

「さて、クラウダーさん。試されているのはあなたの良心ではないようだ。結局、こうなるほうがよかったのかもな」

アンクル・ジョージはひざまずいて少年を抱いたまま、淡いブルーの瞳を輝かせてチャールズ・ヒューゴを見た。

「郡検事はきみらを起訴するだろう。だが、陪審に持ち込まれる容疑が単純暴行を越えないようにすることは、また別の問題だ。それには地元の弁護士が必要になる。わたしに弁護を任せてくれれば……」

するとエスター・トリンブルが言った。

「わたし、ヒューゴさんに言ってあげたわ。ジョージなら頼りになるって」

彼女は頼るべき人物を知っていたのだ。

訳者あとがき

本書はヒュー・ペンティコーストの短編集*Around Dark Corners*の全訳です。

今回は海外ミステリ研究家の荻巣康紀氏による素晴らしい解説があるので訳者としてそれに付け加えることはないのですが、本書を訳し終わって感じたことをいくつか書いていきます。

まず原題の〝Around Dark Corners〟ですが、直訳すれば「暗い片隅で」になるでしょうか。翻訳者のくせに海外ミステリに無知な私はこれを見て、今回はホラー小説の翻訳かと早合点したものです。ところが訳出を進めると、内容はそれと正反対の牧歌的と言ってもよいもので、殺人というおどろおどろしい題材を扱ってはいるのですが、それ以上にジョーイ・トリンブル少年とジョージ伯父さんの爽やかな冒険譚という印象が強く残りました。一九五〇年代の風光明媚なアメリカ東部の片田舎で繰り広げられる二人の活躍を楽しんでいただければと思います。

次に主人公の「ジョージおじさん」ことジョージ・クラウダーについて。作中に記されている通り、この人物は将来を嘱望された法律家でありながら、無実の人間を電気椅子送りにした自責の念に苛まれ、それまでのキャリアを捨て今は森の中の小屋で隠棲しているという設定です。このとき訳者として考えどころだったのは、ジョージ・クラウダーがジョーイ・トリンブルの「伯父さん」なのか、それとも「叔父さん」なのかということでした（既訳邦題では「伯父さん」と「叔父さん」の二通りありますう）。「おじさん」とひらがなで表記すればよいと思われるかもしれませんが、本書にはジョーイの母親エスター・トリンブルも登場するので、二人が「兄と妹」なのか、それとも「姉と弟」なのかをはっきりさせる必要があります。原書の中に、それをはっきり示している箇所はありません。なのでここは推測に頼らざるを得ませんが、ジョージ・クラウダーが「銀髪の初老」の男性であることと、ジョーイが十二、三歳でその母親であるエスターはまだ三十代ないし四十代前半だと思われることから、ジョージはエスターの兄でありジョーイの「伯父」であると判断しました。よって表題作のタイトルも「シャーロック伯父さん」としています。一方、原文には“Uncle George”とあって、両方とも大文字で記されていることから、この人物のニックネームと考え、地の文では基本的に「アンクル・ジョージ」としました。些細なことに思われるかもしれませんが、最初に設定した「世界観」次第で邦訳の印象がまったく変わってしまうので、あえてここに記した次第です。

最後になりますが、本書に収載されている八つの短編と一つの中編は全編同時に発表されたのではなく、時期的に数年のずれがあります。そのため、実は内容に多少矛盾している点があるのですが、勝手に修正することはできないので、原文通りに訳出しました。ここで矛盾点を列挙することはあえてしませんが、本書を読み進める上で「あれっ？」と思うところがあるかもしれません。それも含めて本書を楽しんでいただければ幸いです。

二〇二〇年三月　　訳者記す

一ファンの感想記

荻巣康紀（海外ミステリ研究家）

いきなり私事で恐縮しますが、今から約十二年程前に『マイナー通信』という埋もれた作家、実力はありながら評価されていない作家を取り上げた同人誌を発行しました。50人の作家を取り上げたのですが、T・S・ストリブリングやジェラルド・カーシュ、クレイトン・ロースン、アンソニー・バウチャー、ロバート・アーサーに交じってヒュー・ペンティコーストも入っておりました。

これらの作家の多くは、その後、短編集などが出版されましたが、ヒュー・ペンティコーストやロバート・アーサーなどの短編集は、同誌発行後も紹介にめぐまれませんでした。

私の頭の中にあったのは、ペンティコーストやアーサーなどは『マイナー通信』の象徴的な作家であり、何とかしてこの二人の短編集をどこかで出版してほしいというのが私の長年の夢でした。

ペンティコーストについては、二〇〇六年に論創社から長編『灼熱のテロリズム』が紹介されて大変嬉しかったのですが、なぜ、久々の邦訳作品がピーター・スタイルズ物のこの作品が刊行されたかはよくわかりませんでした。

今回、論創社から十四年ぶりにペンティコーストの翻訳、それも優れたシリーズものである“Around Dark Corners”が刊行されることになりファンとしてはこんなに嬉しいことはありません。

ヒュー・ペンティコーストの本名はジャドスン・ペンティコースト・フィリップスといい、マサチュセッツ州ノースフィールドに生まれました。父はオペラ歌手、母は女優でコロンビア大学在学中に書いた「二十三号室の謎」がミステリ処女作品で、『フリンズ・ウィークリー誌』（一九二五）に発表されました。結構面白い作品ですが、これまでは読みたくても入手が困難でしたが、比較的最近に出版された『北村薫のミステリー館』新文で読むことが出来ます。

ヒュー・ペンティコースト名義の他、ジャドスン・フィリップス名義やピーター・オーエン名義なども使用していました。

一九三〇年代の後半になってから本格的な作家活動に入り、パルプ雑誌に数多くの作品を発表したとのことですが、詳細は不明で、資料も残っていないようです。

一九三九年にヒュー・ペンティコースト名義で"Cancelled in Red"を発表し、ドッド・ミード社のレッド・バッジ・ミステリ賞を獲得。その後ペンティコースト名義で〈ルーク・ブラドリー警部〉シリーズ、〈ピエール・シャンブラン氏〉シリーズ、〈ジュリアン・クィスト〉シリーズ、〈グラント・サイモン〉シリーズ、〈パスカル警部補〉シリーズ、〈ジョン・ジェリコ〉シリーズ、〈ジョン・スミス博士〉シリーズ、そして名シリーズの〈ジョーイ・トリンブル少年とジョージ・クラウダー伯父〉シリーズその他などを書いています。

ジャドスン・フィリップス名義では〈ピーター・スタイルズ〉シリーズを十九作品発表しました。

このように数多くのシリーズ物を書き分けていたのです。

長年にわたって長編をコンスタントに発表してきたペンティコーストは、中短編を『エラリー・クイーズ・ミステリ・マガジン』に発表するようになり、エラリー・クイーンに「プロ中のプロ」として大変高く評価されました。

後に第3代のMWAの会長も務め、一九七三年に長年の功労に対してグランド・マスター賞を受賞しています。

ペンティコーストの長編はトマス・M・ジョンスンとの合作も含め九十七冊を数えますが、いわゆる本格派ではありません。

初めから謎解きを主眼にはしていない、どちらかというとサスペンスを主体にしており、じっくりと登場人物や性格描写に加えて風俗小説的な味わいも出しています。

あまりトリックに重点をおいておらず、一応読ませますが、最後は少し腰砕けという作品が多く、私個人は大変気に入っているもののそのあたりが一般的には長編はB級ミステリと評価されている原因ではないかと思われます。

ペンティコーストの短編には短すぎて読み手に内容がうまく伝わらないきらいがあり、長編よりもじっくりと書き込んである作品の方が面白く長編よりも短編、それよりも中編に見るべきものが多いです。

しかもシリーズものではなく、ノン・シリーズの「子供たちが消えた日」や「キャントウェル中尉の失跡」がとびきり面白いと思えます。

今回紹介された短編集『シャーロック伯父さん』はジョーイ・トリンブル少年とジョージ・クラウダー伯父のシリーズ作品ですが、いずれも完成度の高い短編揃いです。ニューイングランド州の小さな街レイクビューを舞台とし、ジョージ伯父がシャーロック・ホームズ役でジョーイ・トリンブル少年がワトスン役になって、二人で力を合わせて事件を解決するというスタイルです。ほのぼのとした雰囲気が出ているし、登場人物の描写もレイクビューの情景もうまく描かれている、Ａクラスのシリーズ物といえるでしょう。

本書には全九編が収録されており、これまでに雑誌等へ紹介されたのは六作品、本邦初訳は三編です。

以下は各作品についての考察ですが、あらすじを書いており、内容に踏み込んだ記述もあるのでご注意下さい。

ハンティング日和

最初にジョージ・クラウダーの身の上話が書かれており、何故、クラウダー伯父が森の中でティミーという犬と住んでいるのかが説明されます。

フレッド・シモンズという人間が銃で撃たれて死んだ。彼には狩猟犬がいたのだが、うまく調教できていなかった。ジョーイ・トリンブル少年が森に連れ出して訓練することになったが、シモンズが犬を乱暴に扱っている現場に出くわす。ジョーイはシモンズにしがみついたが、殴られてしまう。ジョーイは銃を持っており、ジョーイが撃ったのではないかとジョージ伯父さんは疑うが、無実を知って甥を疑ったことを後悔する。

やがて、アモスという老人が犯行を自白するが、彼は関節炎にかかっており、自分でものを食べることも、自分のパイプに火をつけることもできなかった。ジョージ伯父さんは他の疑わしい人間の中から真犯人を指摘する。

ミス・ミリントンの黒いあざ（初訳）

レイク・ビューにある小学校の教員ミス・グレース・ミリントンは三人の人物に関心を持っていた。一人目は検察官のモロイ氏、二人目はグラボウスキーという貧乏一家の長男、三人目はジョーイ・トリンブル少年であった。ヘクター・トリンブルから「ジョーイは学校の友達と遊ばずに伯父のアンクル・ジョージのところで一緒にいるのが心配だ」と息子の行動についての相談を持ち掛けられていたのであった。

クラボウスキーがスクラップ置き場から物を盗んだのではないかと疑われ、ミス・ミリントンは現場へ行くが、何者かに殴られ、目のまわりに黒いあざが出来た。

一方、スクラップ置き場の持ち主は、自宅内で倒れていたのである。

スクラップ置場にやって来たジョーイとジョージ伯父さんは、犬のティミーを放ち、そんなに遠くに逃げていないであろう犯人のにおいをかがせた。においに導かれたティミーの案内でジョージ伯父さんは一人の男を見つけて連れて来た。

ジョージ伯父さんはレイクビュー国民銀行頭取のホレイス・トゥイニング頭取の帽子を打ち抜き、モロイ氏に疑われるが、ジョージ伯父さんはジョーイの放り投げるリンゴを四つとも打ち抜いて見せたので疑いは解け、犯人は逮捕される。

シャーロック伯父さん

ジョーイ・トリンブル少年の父は妻に向かって愚痴をこぼしていた。

彼は義兄が嫌いで、息子が伯父と会うのを快く思っていなかったのだ。

ジョージ伯父さんは昔、郡の検察官を務めていたのだが、ある時殺人罪で電気椅子に送った人物が、のちに無実であることがわかり、それ以来、法律家の職をなげうって森で暮らすようになったのである。

厭世家の義兄と息子が親しくしていることが、父親にとっては頭痛の種であった。

そんなある日、ジョーイはレジェット未亡人と番犬のシェパードが喉を掻き切られ殺されたのを発見し、父親に連れられてジョーイは陪審として裁判に出席することになった。

殺された番犬は猛犬であり、未亡人の世話をしているディヴ・テイラー以外の人には吠えるのであるが、その事件の時には犬の吠える声を誰も耳にしていなかった。被害者の姪孫《てっそん》のウィリアム・レジェットが犯人と目されたが、ジョージ伯父さんが弁護を買って出る。なぜ犬は吠えなかったかということを説明し、真犯人を見事に指摘する姿にジョーイは喜び、有頂天になるのである。

どこからともなく

レイクビューの町が大洪水で往来ができなくなった。車で町の外へ出ようとする二人組の男たちを止めようとしたラス・トゥーミイは轢かれそうになりよけようとして川に転落してしまった。

二人組の男たちはレイクビューの町のヘクターの店にやって来る。車の二人組はラス・トゥーミイと話をしたといったが、ジョーイ・トリンブル少年は「ラス・トゥーミイは唖なのだからおかしい」というと二人組は態度を一変し、銃をジョーイに向け、町の地理に詳しそうなジョージ伯父さんとジョーイを人質にして脱出を図る。

ジョージ伯父さんは途中滝つぼに落ちてしまい、ジョーイが二人組を先導してうまくジョージ伯父さんの小屋のところまで連れていくと、そこには保安官とジョージ伯父さんが待っていたのであった。

カーブの殺人

ジョーイ・トリンブル少年は偉大な左腕投手であるレフティー・デイビィスが無罪であると信じていた。

デイビィスは左利きで銃の所有者でもある。左利きでしか銃を打てない状況下での犯罪のため、彼が殺人犯の疑いをかけられていたのだ。

デイビィスが殺人容疑で逮捕されようとしたときに、ジョージ伯父さんが機転を利かして真犯人を指摘し、デイビィスの無罪を証明する

人の内側

ジョーイ・トリンブル少年は怪我をして病院に担ぎ込まれた。レイ・ハモンドがジョーイに暴力をふるったらしい。町の人々がハモンドを捕まえて殺せと言い、ジョージ伯父さんも最初は怒りのあまりハモンドを憎んだが、ジョーイの母で自分の妹のエスターに昔の過ちを犯さないように諭され我に返る。

ハモンドの立場になって考えてみると彼の犯行とは思えなくなり、犯人は別にいるのだと気づく。

事件の真相を知ったジョージ伯父さんは他人の身になって考えることの大切さを実感した。

ヘクターは本気

ヘクター・トリンブルは化粧品会社のセールスウーマンに心動かされ書類に署名したが、それは商品の発注書であった。しかし、ヘクターの店に隣接する敷地を破格の安値で売却するという追加契約書に署名したというのであった。

そして、ヘクターはその署名は確かに自分のものだが、追加契約書には署名してないというので裁判になり、被告人になるのである。

法廷に立ったヘクターの弁護人は、大嫌いな義兄のジョージ伯父さんだった。

偽造文書についての簡単なトリックを見破ったジョージ伯父さんはヘクターを助けるのである。作中にはエラリー・クイーンとE・W・ホーナングの探偵小説についてなかなか面白いことが組み込まれている。

レイクビューの怪物（初訳）

チャーリー・ミルトンは裕福な家の息子でだが、二十二才なのに知能は三歳くらいしかなく、凄い怪力の持ち主であった。

ジョージ伯父とジョーイ・トリンブル少年はチャーリーと友達になろうとミルトン家を訪れるうち、チャーリーは飼い犬のティミーとも仲良くなったが、ある日、チャーリーの面倒を見ているハーグローブという看護師が投げつけられ重傷を負い、姿を消したチャーリーに犯行の疑いがかけられた。

犬のティミーも姿を消し、ジョージ伯父とジョーイ・トリンブル少年はチャーリーを探すのだが、トビー・ジャクソンソンという男も何者かに襲われ、事件は混迷する。

ジョージ伯父さんは保安官のレッド・イーガンとの捜査の末、遂にチャーリーを見つける。

我々が殺す番（初訳）

本書中、唯一の中編である。

ジョーイ・トリンブル少年は森の中の池畔で三人組の男たちが一人の大きな男を殴り殺す現場を目撃した。小石を落としてしまったので気づかれてしまうが、何とか現場から逃げ出せた。

ジョージ伯父さんと愛犬のティミーが探しに来、事の次第を話すが、ジョージ伯父さんは、公にするとかえって犯人たちを刺激し、目撃した子供のことを執拗に探そうとしてジョーイが危ない目にあうことを心配する。

同じ頃、トゥディという雑誌記者のヒューゴと名乗る男がレイクビューにやって来た。取材とのことであったが、ジョージ伯父さんが調べると彼には二人の兄弟があることが分かる。ジョーイ・トリンブル少年も目撃したとは言いながら、男たちの容貌はハッキリ覚えておらず、ヒューゴが殺人犯の一人とは断定出来なかった。

ジョーイの存在を隠しながら、ジョージ伯父さんは真相をつかもうとし、三人に無記名の手紙を送って、池畔まで来るように指示した。

ヒューゴは町でジョージ伯父さんに会い、犯罪者を私的に罰する是非について話をする。ヒューゴはもうジョーイ・トリンブル少年のことを知っており、ジョーイは絶対に家にいるようにジョージ伯父さんに言われていたが、母親とともにヒューゴの仲間の女に連れ出されてしまう。

ジョージ伯父さんはヒューゴと池のほとりで再び会うが、ヒューゴと話をしていると、その女はジヨーイと母親を連れて彼らの所にやって来た。彼女はヒューゴの女房であり、ジョーイと母親を閉じ込めておくことができず、解放したのである。

ヒューゴたちは捕まり、ジョージ伯父さんはヒューゴの弁護を買って出るのである。

以上、本書に収録された九編を駆け足で紹介してみました。

原書が出版されたのは一九七〇年ですが、その後短編が二編発表されています。

"They'll Kill the Lady" Ellery Queen's Mystery Magazine Aug.1974

"The Deadly Spook" Ellery Queen's Mystery Magazine Oct.1988

是非、これらも紹介して欲しいものです。

ジョーイ・トリンブル少年とジョージ・クラウダー伯父と愛犬ティミーの物語は、ほのぼのとした味を持っています。ジョーイは伯父さんを信頼し、伯父さんもジョーイを大切に思っています。また、愛犬のティミーは可愛く、従順で賢い犬です。

これらの物語の中で悪人も出てきますが、ジョーイが伯父さんをシャーロック・ホームズと思い、必ず事件を解決してくれると思っています。

全作品を読んでみて、やはり大変面白い作品集であると再確認しました。

最後に私なりの言葉で締めくくりさせていただきます。

ペンティコーストはプロ中のプロであった。

ヒュー・ペンティコースト書誌

作成・荻巣康紀

1. ヒュー・ペンティコースト名義の長編

（1）Cancelled in Red（1939,Dodd）ルーク・ブラッドリー物

（2）The 24 Horse（1940,Dodd）ルーク・ブラッドリー物
「24のナゾをとけ!」『コース・クリスタル・ブック』（『中学三年コース』一九七〇年五月号第3付録）

（3）I'll Sing at Your Funeral（1942,Dodd）ルーク・ブラッドリー物

（4）The Brass Chills（1943,Dodd）ルーク・ブラッドリー物

（5）Cat and Mouse（1944,Royce）

（6）The Dead Man's Tale（1945,Royce）

（7）Where the Snow Was Red（1949,Dodd）ジョン・スミス博士物

（8）Shadow of Madness（1950,Dodd）ジョン・スミス博士物
「狂気のかげ」『別冊宝石』一九六二年八月（No.112）
『狂気の影』早川ミステリ（一九六四）

（9）The Assassins（1955,Dodd）

（10）The Obituary Club（1958,Dodd）グラント・サイモン物。パスカル警部補も登場
『死亡告示クラブ』早川ミステリ（一九六二）

(11) The Lonely Target (1959,Dodd) グラント・サイモン物
(12) The Kingdom of Death (1960,Dodd)
(13) The Deadly Friend (1961,Dodd)
(14) Choice of Violence (1961,Dodd) ジョージ・クラウダー物
(15) The Carnival Who Overate (1962,Dodd) ピエール・シャンブラン氏物
(16) The Tarnished Angel (1963,Dodd)
(17) Only the Rich Die Young (1964,Dodd) パスカル警部補物
(18) The Shape of Fear (1964,Dodd) ピエール・シャンブラン氏物
(19) Sniper (1965,Dodd) ジョン・ジェリコ物
(20) The Evil That Men Do (1966,Dodd) ピエール・シャンブラン氏物
(21) Hide Her from Every Eye (1966,Dodd) ジョン・ジェリコ物
(22) The Creeping Hours (1966,Dodd) ジョン・ジェリコ物。パスカル警部補も登場
(23) Dead Woman of the Year (1967,Dodd) ジョン・ジェリコ物。パスカル警部補も登場
(24) The Golden Trap (1967,Dodd) ピエール・シャンブラン氏物
(25) The Gilded Nightmare (1968,Dodd) ピエール・シャンブラン氏物
(26) Girl Watcher's Funeral (1969,Dodd) ピエール・シャンブラン氏物
(27) The Girl with Six Fingers (1969,Dodd) ジョン・ジェリコ物
(28) A Plague of Violence (1970,Dodd) ジョン・ジェリコ物
(29) The Deadly Joke (1971,Dodd) ピエール・シャンブラン氏物

（30）Don't Drop Dead Tomorrow（1971,Dodd） ジュリアン・クイスト物
（31）The Champagne Killer（1972,Dodd） ジュリアン・クイスト物
（32）Birthday,Deathday（1972,Dodd） ピエール・シャンブラン氏物
（33）The Beautiful Dead（1973,Dodd） ジュリアン・クイスト物
（34）Walking Dead Man（1973,Dodd） ピエール・シャンブラン氏物
（35）Bargain with Death（1974,Dodd） ピエール・シャンブラン氏物
（36）The Judas Freak（1974,Dodd） ジュリアン・クイスト物
（37）Time of Terror（1975,Dodd） ピエール・シャンブラン氏物
（38）Honeymoon with Death（1975,Dodd） ジュリアン・クイスト物
（39）Die After Dark（1976,Dodd） ジュリアン・クイスト物
（40）The Fourteen Dilemma（1976,Dodd） ピエール・シャブラン氏物
（41）The Day the Children Vanished（1976,Pocket Books）
（42）The Steel Palace（1977,Dodd） ジュリアン・クイスト物
（43）Murder as Usual（1977,Dodd）
（44）Death After Breakfast（1978,Dodd） ピエール・シャンブラン氏物
（45）Deadly Trap（1978,Dodd） ジュリアン・クイスト物
（46）Random Killer（1979,Dodd） ピエール・シャンブラン氏物
（47）The Homicidal Horse（1979,Dodd） ジュリアン・クイスト物
（48）Beware Young Lovers（1980,Dodd） ピエール・シャンブラン氏物

(49) Death Mask (1980,Dodd) ジュリアン・クイスト物
(50) Murder in Luxury (1981,Dodd) ピエール・シャンブラン氏物
(51) Sow Death,Reap Death (1981,Dodd) ジュリアン・クイスト物
(52) With Intent to Kill (1982,Dodd) ピエール・シャンブラン氏物
(53) Past,Present,and Murder (1982,Dodd) ジュリアン・クイスト物
『過去、現在、そして殺人』早川ミステリ(一九八二)
(54) Murder in High Places (1983,Dodd) ピエール・シャンブラン氏物
(55) The Copycat Killers (1983,Dodd) ジョージ・クラウダー物
(56) Murder Out of Wedlock (1983,Dodd) ピエール・シャンブラン氏物
(57) Remember to Kill Me (1984,Dodd) ピエール・シャンブラン氏物
(58) The Price of Silence (1984,Dodd) ジョージ・クラウダー物
(59) Substitute Victim (1984,Dodd) ジュリアン・クイスト物
(60) Murder Sweet and Sour (1985,Dodd) ジョージ・クラウダー物
(61) The Party Killer (1985,Dodd) ジュリアン・クイスト物
(62) Nightmare Time (1986,Dodd) ピエール・シャンブラン氏物
(63) Death by Fire (1986,Dodd) ジョージ・クラウダー物
(64) Kill and Kill Again (1987,Dodd) ジュリアン・クイスト物
(65) Murder Goes Round and Round (1988,Dodd) ピエール・シャンブラン氏物
(66) Pattren for Terror (1990,Carroll) ジョージ・クラウダー物

2. ジャドスン・フリップス名義の長篇

（1）The Death Syndicate（1938,Washburn） キャロル・トレヴァー&マックス・ブリス物。

（2）Death Delivers a Postcard（1939, Washburn） キャロル・トレヴァー&マックス・ブリス物。

（3）Murder in Marble（1940,Dodd）

（4）Odds on the Hot Seat（1941,Dodd） コイル&ドノヴァン物。

（5）The Fourteen Trump（1942,Dodd） コイル&ドノヴァン物。

（6）Killer on the Catwalk（1959,Dodd）

（7）Whisper Town（1960,Dodd）
『ささやく街』早川ミステリ（一九六三）

（8）Murder Clear,Track Fast（1961,Dodd）

（9）A Dead Ending（1962,dodd）

（10）The Dead Can't Love（1963,Dodd）

（11）The Laughter Trap（1964,Dodd） ＊以降、全てピーター・スタイルズ物。

（12）The Black Glass City（1965,Dodd）

（13）The Twisted People（1965,Dodd）

（14）Wings of Madness（1966,Dodd）

（15）Thursday's Folly（1967,Dodd）

（16）Hot Summer Killing（1968,Dodd）

『灼熱のテロリズム』論創海外ミステリ（二〇〇六）
（17）Nightmare at Dawn（1970,dodd）
（18）Escape a Killer（1971,Dodd）
（19）The Vanishing Senator（1972,Dodd）
（20）The Larkspur Conspiracy（1973,Dodd）
（21）The Power Killers（1974,Dodd）
（22）Walk a Crooked Mile（1975,Dodd）
（23）Backlash（1976,Dodd）
（24）Five Roads to Death（1977,Dodd）
（25）A Murder Arranged（1978,Dodd）
（26）Why Murder?（1979,Dodd）
（27）Death Is a Dirty Trick（1980,Dodd）
（28）Murder As the Curtain Rises（1981,Dodd）
（29）Target for Tragedy（1982,Dodd）

3．トマス・M・ジョンスンとの合作
（1）Red War（1936,Doubleday）

4．フィリップ・オーウェン名義の長編

（1）Mystery at a Country Inn（1979,Berkshire）

＊以上合作も含めて九十七冊の長編があることになる。

5．中・短編集

（1）Secret Corridors（The American Magazine Jul.1945）

森英俊編『世界ミステリ作家事典［ハードボイルド・警察小説・サスペンス篇］』によれば表題作のみの小冊子という情報であるが、現物未見である。ただ、The American Magazine に掲載はされている。小冊子ではなく、雑誌のように思うが。後の（2）の①、（3）の①に収録。

（2）Death Wears a Copper Necktie（1946,Edwards）　全て未訳。

①Secret Corridors

②Death Wears a Copper Necktie

③The Case of the Broken Cigarette

④Evidence of the Dead

（3）Memory of Murder（1947,Ziff-Davis）　ジョン・スミス博士物。全て未訳。

①Secret Corridors　ルーク・ブラドリーも登場。

②Memory of Murder

③Volcano

④Fear Unlocked

（4）Chinese Nightmare（1951,Dell）　未訳。

表題作1編のみを収録。

（5）Lt. Pascal's Tastes in Homicide（1954,Dodd）　パスカル警部補物。

①The Eager Victim［別題］Tomorrow Is Yesterday

後ろの邦訳中・短編リストの（30）の作品（以下同）。

②Murder in the Dark

③The Murder Machine

（6）Around Dark Corners（1970,Dodd）　ジョーイ・トリンブル少年とジョージ・クラウダー伯父物。

『シャーロック伯父さん』論創海外ミステリ　＊本書

①Hinting Day「ハンティング日和」（8）の作品。

②A Black Eye for Miss Millington「ミス・ミリントンの黒いあざ」初訳。

③My Dear Uncle Sherlock「シャーロック伯父さん」（6）の作品。

④In the Middle of Nowhere「どこからともなく」（22）の作品。

⑤Murder Throws a Curve「カーブの殺人」（28）の作品。

⑥A Man Inside「人の内側」（26）の作品。

⑦Hector Is Willing「ヘクターは本気」（23）の作品。

⑧The Monster of Lakeview「レイクビューの怪物」初訳。

⑨Our Turn to Kill「我々が殺す番」初訳の中編。

（7）Murder Round the Clock（1985,Dodd）　ピエール・シャンブラン氏物。

①Chambrun and the Double Event

② Chambrun and the Electronic Ear
③ Chambrun and the Melting Swan（43）の作品。
④ Chambrun and the Obvious Clue（47）の作品。
⑤ Chambrun Gets the Message（55）の作品。
⑥ The Masked Crusader
⑦ Murder Deluxe
⑧ Pierre Chambrun and the Black Days（44）の作品。
⑨ Pierre Chambrun and the Last Fling
⑩ Pierre Chambrun and the Sad Song
⑪ Pierre Chambrun and the War for Peace（35）の作品。
⑫ Pierre Chambrun Defends Himself
⑬ Pierre Chambrun's Dilemma

6．邦訳中短編リスト

早川書房の『エラリイ・クイーンズ・ミステリマガジン』は第一一五号まで『ＥＱＭＭ』とし、それ以降現在まで『ＨＭＭ』と称することにする。

（1）A Matter of Justice
　「正義とはなにか」『ＥＱＭＭ』一九五七年二月号（No.8）
（2）Challenge to the Reader

「読者への挑戦」『ＥＱＭＭ』一九五八年十月号（No.28）

（３）The Contradictory Case

「矛盾だらけの事件」『ＥＱＭＭ』一九五九年二月号（No.32）

（４）The Unpunishable Murder

「罰せない殺人」『ＥＱＭＭ』一九五九年十月号（No.40）

（５）The Missing Miss Maydew

「メイデュウの行方」『ＥＱＭＭ』一九六〇年三月号（No.45）

（６）My Dear Uncle Sherlock

「ボクのホームズ伯父さん」『ＥＱＭＭ』一九六〇年五月号（No.47）、「シャーロック叔父さん」『ＨＭＭ』一九八七年九月号（No.377）

（７）The Girl Who Lived Dangerously

「危険な娘」『ＥＱＭＭ』一九六〇年六月号（No.48）、「危険な女」『ミステリー短編傑作集』洋販ライブラリー（一九六七）

（８）Hunting Day

「狩猟日和り」『ＥＱＭＭ』一九六〇年八月号（No.50）

（９）Murder in Manhattan

「マンハッタンの殺人」『ＥＱＭＭ』一九六〇年八月号（No.51）

（10）Lonely Boy

「ひとりぼっち」『ＥＱＭＭ』一九六〇年十月号（No.52）

（11）Murder Plays Through
「名ゴルファーの死」『ＥＱＭＭ』一九六〇年十一月号（No.53）

（12）The Lane Duck House Party
「あぶれ者パーティ」『ＥＱＭＭ』一九六一年五月号（No.59）

（13）The Rubber Doorstops
「ゴムの楔」『ＥＱＭＭ』一九六一年七月号（No.61）

（14）Who Wants to Be a Dead Hero?
「死んではつまらない」『ＥＱＭＭ』一九六一年八月号（No.62）

（15）Frightened Star
「怯えたスター」『ＥＱＭＭ』一九六二年八月号（No.69）

（16）The Talking Calf
「もの云う仔牛」『ＥＱＭＭ』一九六二年十月号（No.76）、「もの云う仔牛」『ＥＱＭＭアンソロジーⅡ』早川ミステリ（一九六二）

（17）A World of Envelopes
「賄賂の世界」『ＥＱＭＭ』一九六三年一月号（No.79）

（18）A Kind of Murder
「ある殺人」『ＥＱＭＭ』一九六三年二月号（No.80）

（19）Cop's Job Know
「警官は知っている」『ＥＱＭＭ』一九六三年三月号（No.81）

（20）The Man with the Sixteen Beards
「16人の影武者をもつ男」『ＥＱＭＭ』一九六三年六月号（No.84）
（21）Delinquent Account
「不良息子」『ＥＱＭＭ』一九六三年八月号（No.86）
（22）In the Middle of Nowhere
「嵐の闇の中で」『ＥＱＭＭ』一九六四年三月号（No.93）
（23）Hector・s Willing
「ヘクターの喜び」『ＥＱＭＭ』一九六四年六月号（No.96）
（24）The Man in Seat 12
「十二番シートの男」『ＥＱＭＭ』一九六四年八月号（No.98）
（25）The Needles Sharp as Ever
「針は鋭く」『ＥＱＭＭ』一九六四年十一月号（No.101）
（26）The Man Inside
「他人の身」『ＥＱＭＭ』一九六四年十二月号（No.102）
（27）Jerico and the Skiing Clue
「ジェリコとスキー」『ＥＱＭＭ』一九六五年三月号（No.105）
（28）Murder By a Southpaw
「左腕投手の殺人」『ＥＱＭＭ』一九六五年九月号（No.112）
（29）Jerico and the Painting Clue

「ジェリコと油絵」『ＥＱＭＭ』一九六五年十二月号（No.115）

（30）Tomorrow Is Yesterday

「明日は昨日」『ＥＱＭＭ』一九六六年四月号（No.119）、「ひきさかれたページ」『世界の名探偵物語18　ひきさかれたページ』学習研究社（一九七六）、「切り取られた雑誌」『中学二年コース』一九六六年四月号第3付録、「切り取られた雑誌」『コーススプリング・パレード』（『中学三年コース』一九七三年四月進級お祝い特大号第4付録）、「ひきさかれた過去」『ひきさかれた過去』国土社（一九九五）

（31）Jerico and the Nuisance

「ジェリコといやがらせ」『ＨＭＭ』一九六六年十月号（No.126）

（32）The False Face Murder

「愛情物語」『ＨＭＭ』一九六七年十一月号（No.139）

（33）No Witness on the Waterfront

「埠頭に証人なし」『ＨＭＭ』一九六八年四月号（No.144）

（34）Jerico and the Dying Clue

「ジェリコと偶像」『ＨＭＭ』一九六九年四月号（No.156）

（35）Pierre Chambrun and the War for Peace

「ビアフラから来た賓客」『ＨＭＭ』一九七〇年七月号（No.171）

（36）Jerico and Deadly Errand

「ジェリコと死の使い」『ＨＭＭ』一九七三年七月号（No.207）

（37）Jerico and the Dead Clue
「ジェリコと死の手がかり」『ＨＭＭ』一九七三年九月号（No.209）
（38）Chambrun Play It Cool
「シャンブラン氏はクール」『ＨＭＭ』一九七四年二月号（No.215）
（39）The Dark Plan
「ダークプラン」『ＨＭＭ』一九七六年五月号（No.241）
（40）The Dark Encounter
「ダークの迎撃」『ＨＭＭ』一九七六年七月号（No.243）
（41）The Dark Maneuver
「ダークの戦略」『ＨＭＭ』一九七六年十月号（No.246）
（42）The Dark Intuition
「ダークの直感」『ＨＭＭ』一九七七年二月号（No.250）
（43）Chambrun and the Melting Swan
「溶ける白鳥」『ＨＭＭ』一九七七年三月号（No.251）
（44）Mr. Chambrun and the Dark Days
「シャンブラン氏と暗い時代」『ＨＭＭ』一九七九年四月号（No.276）
（45）The Day the Children Vanished
「子供たちが消えた日」『ＨＭＭ』一九八〇年三月号（No.287）、「子供たちが消えた日」『年刊推理小説・ベスト10〈１９６０年版〉』荒地出版社（一九六〇）、「子供たちが消えた日」『密

室大集合』ＨＭＢ（一九八四）
(46) The Dark Gamble
「ダーク最後の賭け」『ＥＱ』一九七八年五月（No.3）
(47) Chambrun and the Obvious Clue
「明々白々」『ＥＱ』一九七九年十一月（No.12）
(48) The Last Full Measure
「キャントウエル中尉の失跡」『ＥＱ』一九八〇年七月（No.16）
(49) Jerico and the Cardboard Box
「ボール箱」『ＥＱ』一九八一年三月（No.20）
(50) Room-Number 23
「二十三号室の謎」『宝石』一九五六年七月号、「二十三号室の謎」『四つ辻にて』芸術社（一九五七）、「二十三号室の謎」『名探偵パトロール』銀河文庫（一九五九）、「二十三号室の謎」『北村薫のミステリー館』新潮文庫（二〇〇五）
(51) The Fourth Degree
「特殊拷問」『宝石』一九五六年十月号、「心理的拷問」『世界ベスト・ミステリー50選 上』光文社（一九九四）
(52) The Dead Man's Tale
「死人の口」『別冊宝石』一九六四年一月（No.125）、「もの言わぬ死体」『中学一年コース』一九七二年一月号第４付録

（53）原題不明
「どっちが真物か」『探偵倶楽部』一九五二年三月号
（54）Jerico and the Studio Murders
「ジェリコとアトリエの殺人」『ビッグ・アップルミステリー』新潮文庫（一九八五）
（55）Chambrun Gets the Message
「シャンブラン氏への伝言」『いぬはミステリー』新潮文庫（一九九二）

【参照資料】

（1）Allen J. Hyubin『Crime Fiction　Ⅲ』
（2）William G. Contento and Phil Stephensen-Payne『The FictionMags Index』
（3）森英俊編『世界ミステリ作家事典［ハードボイルド・警察小説・サスペンス篇］』国書刊行会（二〇〇四）
（4）グラビア：ＥＱの顔　ヒュー・ペンティコースト（木村二郎編）『ＥＱ』一九八一年三月（No.20）